Jürgen Ebertowski

Der Stipendiat

奨学生

Roman

Schardt Verlag Oldenburg

Bibliographische Information der Deutschen Bibliothek:

Die Deutsche Bibliothek verzeichnet diese Publikation in *Der Deutschen Nationalbibliografie*; detaillierte bibliographische Daten sind im Internet über *www.d-nb.de* abrufbar.

Titelbild: Gisela Lubitz

Lektorat: Maite Beisser
Redaktion: Yasmin Ehlers

1. Auflage 2014

Schardt Verlag
Metzer Straße 10 A
26121 Oldenburg
Tel.: 0441-21 77 92 87
Fax: 0441-21 77 92 86
E-Mail: kontakt@schardtverlag.de
www.schardtverlag.de
Herstellung: TOTEM, Poland

ISBN 978-3-89841-739-6

Personen

Klaus Esbeck, ein Übersetzer im Ruhestand und Aikidô-begeistert.

Heribert Fladung, ein kunstinteressierter Ferienhausbesitzer aus der Rhön.

Jürgen Storch, sein Cousin, bewirtschaftet in Hilders den Gasthof Forellenbach.

Erika Storch, geborene Fladung, Mutter von Jürgen Storch und Tante von Heribert Fladung.

Hasso, ein anpassungsfähiger Jagd- und Wachhund, ein Gordon Setter.

Haruki Kobayashi, gebürtiger Kamakuraner, Maler und Bildhauer, ein Absolvent der Deutschen Schule, Yokohama, und der Hochschule der Künste Tôkyô, Tôkyô Geijutsu Daigaku, kurz Tôkyô Geidai. Kobayashi-san hat am Yokohama-Campus der Universität studiert.

Kenji Watanabe, sein ehemaliger Klassenkamerad, ebenfalls in Kamakura aufgewachsen, nach dem Jura-Studium in einer wenig bekannten Abteilung des japanischen Innenministeriums tätig, die eng mit der Behörde für kulturelle Angelegenheiten im Kultus- und Wissenschaftsministerium, Mombu-Kagaku-shō, kooperiert.

Sachiko Saotome, eine bekannte Kunstkritikerin, schreibt u. a. in der Shônan Zeitung (Shônan Mainichi).

Professor Ken'ichi Sakamoto, Hokkaidô Universität (Sapporo), Professor Yasunari Kawaguchi und Professor Norihiko Nattori, Waseda Universität (Tôkyô), Professor Hisao Honda, Shindai Universität (Kôbe). Alle sind Archäologen mit den Fachgebieten Späte Bronze- und Frühe Eisenzeit in Europa und/oder Asien.

Professor Richard Neumann aus Frankfurt am Main, sein wissenschaftlicher Schwerpunkt ist die Keltenforschung in Hessen. Professor Neumann ist Experte für Ausgrabungen und archäologische Flugprospektion, besser auch als Luftbildarchäologie bekannt.

Direktor Anton Rundvoigt, engagiert sich nach der Pensionierung weiterhin ehrenamtlich als Geschäftsführender Leiter der Kunststation Kleinsassen e. V.

Marietta Kundzienna, freie Journalistin aus Fulda, schreibt für regionale und überregionale Zeitungen, bevorzugt im Feuilleton über Kunstthemen.

Brigitte Hausmann, eine reiselustige Journalistenkollegin von Marietta Kundzienna.

Artiknos, der Töpfer, Zmertorix, der Seher, der Grobschmied Magos und sein Sohn, nur bedingt götterfürchtige Kelten aus Lisacc-Dûron, der Stein-Festung.

Sachiko Miura heißt ganz anders.

1. Kapitel

Grabschändung

Der Töpfer Artiknos hatte anfangs ein äußerst zwiespältiges Gefühl: Was man den Toten für die Reise in die Anderswelt mitgab, sollte besser auf ewig unangetastet bleiben. So zumindest gebot es seit alters die Sitte, denn ein derartiger Frevel forderte unweigerlich den Zorn der Götter heraus.

Und richtig! Magos, der Grobschmied, stürzte schon auf dem Hinweg vom Pferd, um sich arg die Schulter zu prellen; dann wurde sein Sohn nach dem Aufbrechen der Bestattungskammer beinahe von nachgebendem Erdreich verschüttet; und schließlich war es kein glücksverheißendes Vorzeichen, dass ausgerechnet Zmertorix, der Seher, der sie angestiftet hatte, über eine Bronzekanne in der Gruft strauchelte. Es kam noch ärger. Im Fallen zerbrach er ein tönernes Gefäß und rammte sich eine spitze Scherbe in die rechte Handfläche. Die Blutung war nur mit Mühe zu stillen.

Spätestens als beim Abtransport ein Leinensack riss und man deshalb einen Teil der Beute nicht aus der Kammer schaffen konnte, hätte der Töpfer erkennen müssen, welch schwerer Fluch in der Tat auf ihrem ruchlosen Treiben lastete. Das überaus reiche Plündergut trübte indes Artiknos' Urteilsvermögen: Tagelang würde man allein damit beschäftigt sein, die silbernen Armreifen und unzähligen kleineren Pretiosen zu zerhacken und umzuschmelzen! Der Tote in der Gruft war dereinst ein mächtiger Fürst und Kriegsherr gewesen. Seinen mumifizierten Hals hatte ein fingerdicker Ring aus massivem Gold geschmückt. Ein Dutzend rot lasierter, dünnwandiger Keramikweinschalen aus den Südlanden und mehrere Lederbeutel waren mit Münzgeld gefüllt, damit der verblichene Herrscher bei Bedarf ungnädige Wege-Geister in der Anderswelt gütig stimmen konnte. Auch an standesgemäßer Bewaffnung mangelte es nicht. Schwerter mit kunstvoll gearbeiteten Griffknaufen und mit Bernsteinperlen verzierten Scheiden waren rings um das Totenlager verteilt. An den Kammerwänden lehnten Lanzen und Wurfspieße mit vergoldeten Spitzen.

Artiknos befestigte eines der Prunkschwerter gut sichtbar an seinem Leibgurt, aber als er für einen Moment allein in der Gruft war, ergriff er auch einen Münzbeutel und verbarg ihn blitzschnell unter der Kleidung.

Eine endgültige und verbindliche Aufteilung der Beute musste warten, denn der Aufbruch hatte noch im Schutze der Dunkelheit zu erfolgen. Die Grabräuber schleppten die Schätze hastig zu den Packpferden, beluden deren Tragegestelle in Windeseile mit dem Plündergut und preschten davon.

Eine Stunde später begann langsam die Morgendämmerung. Die Männer vermieden fortan, wo immer es möglich war, die offene Landschaft und bewegten sich im lichten Unterholz der Wälder.

*

Der Schmied und sein Sohn sahen den Viehhüter zuerst inmitten der Rinder auf der großen Lichtung, aber Artiknos und der Seher verfügten über die schnelleren Reittiere. Womöglich durch die Schnittwunde in seiner den Zügel haltenden Rechten behindert, fiel Zmertorix jedoch bald hinter dem Töpfer zurück.

Da die Entfernung bis zu dem rettenden Waldrand an die zwanzig Pferdelängen betrug, war der Fluchtversuch des Hirten von vorneherein aussichtslos.

Als die Grabräuber weiter ritten, hing an Artiknos' Leibgurt neben dem Schwert ein bluttriefender Schädel. Die Prunkwaffe aus der Fürstengruft hatte nichts von ihrer Schärfe eingebüßt; nur ein einziger kräftiger Hieb – und ab war der Kopf. Unter normalen Umständen wäre die Rinderherde selbstverständlich eine recht ansehnliche Beute gewesen, aber Eile war geboten, und zum Führen der Lastpferde brauchte es jede freie Hand.

„Ein gutes Omen", frohlockte der Töpfer und tätschelte zufrieden den Hirtenschädel, „anscheinend zürnen die Götter nicht mehr!"

Um die Hufspuren zu verwischen, bewegten die Männer sich daraufhin längere Zeit in einem flachen, mit Kieselsteinen angefüllten Bachbett. Am späten Nachmittag des gleichen Tages waren bereits die Ausläufer der vertrauten Buchenhaine erreicht.

Für die Nachtrast wählten sie erneut die Anhöhe, wo sie schon auf dem Hinweg gelagert hatten.

Die Fernsicht von dort war vorzüglich: Ein letzter, schwacher Abglanz der sinkenden Sonne tauchte weit im Osten die steinernen Ringwälle von Lisacc-Dûron, des heimatlichen Burgbergs, in ein zartrosa Licht. Als man die Packpferde von ihren schweren Traglasten befreit und die Reittiere abgehalftert hatte, verteilte Magos' Sohn den gesamten Rest ihres Proviants. Tags drauf, soviel war sicher, würde es an nichts fehlen, denn die Weiber bereiteten schon jetzt die Festspeisen vor.

Artiknos lief bei der Vorstellung des zu erwartenden Mahls der Speichel im Munde zusammen, bestimmt waren auch süße Kringel in Schmalz ausgebacken worden: goldbraune Honigplätzchen, ein Naschwerk, das der Töpfer über alle Maßen liebte.

*

Artiknos schlief unruhig und von düsteren Träumen geplagt. Der getötete Rinderhüter spielte keine Rolle in ihnen. Die Münzen, verborgen in einer Falte seines Obergewands, ebenfalls nicht, wohl aber das andere, das sperrigere Raubgut aus der Gruft. Egal wie hart der Schmied bei der Beuteverteilung mit der Axt zugeschlagen hatte, der schwere goldene Halsring des

Fürsten hatte nie den geringsten Kratzer aufgewiesen, und selbst als man Massen an Holzkohle unter der Schmelzpfanne zur Glut gebracht hatte, hatte keine der bronzenen oder silbernen Trinkkannen auch nur andeutungsweise die Form verloren. Damit nicht genug. Als der Seher eine lange Bernsteinkette hatte gerecht verteilen wollen, war ihm misslungen, das dünne Lederband zu durchtrennen, auf das die Perlen gefädelt waren – stattdessen war der Dolch zerbrochen!

Schweißgebadet wachte der Töpfer auf.

Zürnten die Götter womöglich doch?

2. Kapitel

„Gemälde aus Europas Mitte – Ein Querschnitt durch das Schaffen deutscher Künstler zwischen den Weltkriegen"

Wer in Kamakura-Inamuragasaki wohnt und in der Nachbarstadt Fujisawa etwas zu erledigen hat, bedient sich erfahrungsgemäß der Enoden-Bahn. Die Fahrt über Ôfuna mit Umsteigen in einen Zug der Tôkaidô-Linie wäre vermutlich die schnellere Verbindung, ein Ortsansässiger wird jedoch nach Möglichkeit nie versäumen, in teilweise fünfzig Jahre alten Waggons der Kleinbahn gemächlich den malerischen Sieben-Meilen-Strand entlangzugleiten; bei guter Sicht immer mit Blick auf den Fujisan und das Pilger-Eiland Enoshima. Vor allem dann nicht, wenn der Ort, den man in der Stadt Fujisawa aufsuchen will, in der Nähe des dortigen Enoden-Terminals liegt.

Es ist kaum übertrieben zu behaupten, dass die meisten Kamakuraner glänzende Augen bekommen, wenn nur der Name der Bahn fällt. Jahrelang hatte das Fernsehen eine Enoden-Serie von Lindenstraßen-Popularität ausgestrahlt, und folglich bieten noch heute alle gut sortierten Souvenirshops der Region passende Devotionalien an: Enoden-T-Shirts, Modellzüge für Kinder und Erwachsene, Schlüsselanhänger und mit den Schriftzeichen „Enoshima-denki-tetsudô" (wörtlich: „Enoshima-Elektroenergie-Eisenweg") bedruckte Handtücher. Sogar Enoden-Mürbeteiggebäck, das die Silhouetten der Wagen nachahmt, hält man für die Fan-Gemeinde bereit!

Auch Haruki Kobayashi, Maler und Bildhauer, Absolvent der renommierten Kunsthochschule Tôkyô Geidai, löste in Inamuragasaki ein 250-Yen-Billett, da es zu Fuß vom Bahnhof Fujisawa bis zur Galerie Yamaguchi nur drei Minuten sind. Die Brieftasche in der Gesäßtasche seiner Jeans musste er dafür nicht herausziehen, denn Kleingeld für Fahrscheinautomaten pflegte er lose in den Hosentaschen aufzubewahren.

Das Firmament der Shônan-Küste bedeckte ein Wolkenschleier, der laut Wetterbericht gegen Mittag einem strahlend blauen Himmel weichen und sommerliche Temperaturen zulassen würde.

Die Enoden war relativ leer, da die meisten frühen Tagesbesucher zuvor an der Station Hase ausgestiegen waren, um dem Großen Buddha, dem Daibutsu, Kamakuras Wahrzeichen im Kôtoku-in, und der riesigen, vergoldeten Kannon-Statue im Hase-Tempel ihre Aufwartung zu machen.

Kobayashi-san bekam also ohne Schwierigkeiten einen Sitzplatz. Die von Inamuragasaki an in sämtlichen Touristikbroschüren und Reiseführern als einzigartige Naturschönheit bezeichnete Pazifik-Küste linkerhand in Fahrtrichtung beachtete er allerdings nicht. Ebenso entgingen ihm die tollkühnen Manöver der Surfboard-Enthusiasten, die weit draußen auf dem Meer das derweil noch stürmische Spätherbstwetter ausnutzten. Bevor Kobayashi-san Platz nahm, vergewisserte er sich kurz, ob er auch wirklich seine kleine Minolta aus der Ära nicht-digitaler Kameras mitgenommen hatte. Der Fotoapparat besaß keinen integrierten Blitz, aber wenn die Lichtverhältnisse stimmten, konnte man selbst in geschlossenen Räumen recht akzeptable Erinnerungsbilder knipsen. Außerdem war der Apparat extrem leicht, und Kobayashi-san spürte das Gewicht in den voluminösen Taschen seiner Jacke kaum. Sie war ein vom vielen Tragen strapaziertes Kleidungsstück, hatte das Alter des Fotoapparats und war die Imitation eines holländischen Fliegerblousons, ein heiß und innig geliebtes Souvenir eines Abstechers von Hamburg nach Den Haag zum „Gemeentemuseum".

Alsdann entfaltete Kobayashi-san die Shônan Mainichi Zeitung, um erneut im Feuilleton einen Artikel der bekannten Kunstkritikerin Sachiko Saotome zu lesen, die zum festen Redaktionsteam des Blatts gehörte.

Frau Saotome hatte am Vortag die Vernissage „Gemälde aus Europas Mitte – Ein Querschnitt durch das Schaffen deutscher Künstler zwischen den Weltkriegen" in der Galerie Yamaguchi besucht und ereiferte sich natürlich eingangs über die in Sachen öffentlicher Kunstförderung bekanntermaßen zurückhaltende Nachbarstadt Kamakuras. Obgleich doppelt so groß an Einwohnerzahl, gab es in Fujisawa nämlich kein einziges städtisches Museum. Dafür aber spendete die Autorin den verschiedenen örtlichen Privatinitiativen und Galerien höchstes Lob, wobei sie es sich nicht nehmen ließ, gegen die „verbeamteten Kunstbanausen" im Rathaus hart auszuteilen. Die bissige Quintessenz der Schelte gipfelte in dem Satz: „Ohne freigebige Geschäftsleute wäre diese Stadt jedenfalls eine Kulturwüste." Nun, wie die öffentliche Kunstförderung in Fujisawa aussah, war allseits bekannt, und auch was die Shônan Mainichi Zeitung weiterhin zu berichten wusste, war für Kobayashi-san keine Neuigkeit: „Die Galerie Yamaguchi wird von einer Gemeinschaft ortsansässiger, engagierter Unternehmer betrieben, die keinen Profit erwarten, sondern nur darauf sehen, dass die Gehälter der Galerieangestellten nebst der laufenden Kosten zur Unterhaltung der Ladenräume durch Verkäufe beziehungsweise durch Eintrittsgelder gedeckt werden. Unter diesen günstigen Bedingungen hatte man bereits in der Vergangenheit landesweit beachtete Kunstausstellungen ausgerichtet. Zum Beispiel: ‚Chinesische Seidenmalerei der Ming-Dynastie' (2010), ‚Die späte Holzschnittkunst in Edo und Ôsaka' (2011), ‚Junge Maori-Avantgarde aus Neuseeland' (2013) oder wie aktuell die hochkarätige Präsentation ‚Gemälde aus Europas Mitte'."

Kobayashi-sans Interesse an Neuseelands künstlerischer Elite und den asiatischen Themenschwerpunkten hielt sich in Grenzen. Die folgende Information der Verfasserin hingegen, dass die Yamaguchi Galerie einen „Querschnitt durch das Schaffen *deutscher* Künstler" zeigen würde, hatte ihn sofort beim ersten Lesen des Artikels während des Frühstücks elektrisiert. Leider fand sich in der Zeitung kein einziges Foto von den dort zu sehenden Exponaten.

Aufgewachsen in Kamakura, hatte Haruki Kobayashi das Abitur an der Deutschen Schule in Yokohama abgelegt. Das war zu einer Zeit geschehen, als in Nippon die Beschäftigung mit dem „Volk der Dichter und Denker“ noch als pädagogisch wertvoll erachtet wurde und die Beherrschung der englischen oder amerikanischen Sprache noch nicht per se zum Kriterium einer gehobenen Allgemeinbildung gehört hatte.

„Immer nur Spitzweg, Friedrich und Menzel“, hatte sein Schulfreund Kenji Watanabe bereits auf dem Gymnasium gelästert.

„Keineswegs“, war ihm geantwortet worden. „Max Liebermann oder beispielsweise August Macke regen mich gleichfalls an.“

„Liebermann, Macke – gut und schön! Aber wie findest du denn Edvard Munch, Paul Gauguin oder Vincent van Gogh?“

„Schon sehr interessant. Nur, wie soll ich es ausdrücken? Die deutschen Maler sind mir eben emotional irgendwie ... näher.“

Haruki Kobayashi hatte sich auch nach dem Universitätsabschluss an der Kunsthochschule Tôkyô Geidai intensiv mit Franz Marc, Georg Grosz, Paul Klee, Otto Dix und anderen deutschen Bildenden Künstlern befasst – wer aber um Himmels willen war dieser Paul Klüber, dessen bloß mit „Stillleben“ und der Datumsangabe „10 44“ betiteltes und recht kleinformatiges Gemälde Frau Saotome geradezu begeistert beschrieb?

Selbstverständlich würde eine kurze Internet-Recherche die Frage im Nu beantwortet haben, aber der betagte Laptop hatte vor einer Woche urplötzlich den Geist aufgegeben, und der neue Rechner wurde gerade von einem Spezialisten nach genau umrissenen Vorgaben eingerichtet. Um die deutschen Umlaute und das Scharfe S auf einem japanischen Fabrikat zu benutzen oder im Display des Computers erscheinen zu lassen, bedurfte es fachmännischen Know-hows.

Kobayashi-san las erneut den euphorischen Absatz über das Stillleben von diesem Klüber. Sachiko Saotome schrieb: „... sein zumeist breiter Pinselstrich gemahnt an den im impressionistischen Stil malenden jungen Piet Mondrian, kurz bevor der sich dem Fauvismus zuwendet – wirkt aber weitaus eigenwilliger als der des Holländers. Jedes Segment des Werks strahlt unverkennbare Individualität aus, und auch die Farbgebung ist beeindruckend. Der Künstler fügt mutig winzige, nicht einwandfrei zu identifizierende runde goldene Objekte in Form eines nach rechts deutenden Pfeils in eine Anordnung von Gegenständen des täglichen Gebrauchs, die da sind: eine ockerfarbige Keramikschale mit Äpfeln und Birnen, Messer und Gabel, zwei Wassergläser, in denen Herbstblumen stecken. Paul Klübers Arrangement befindet sich auf einem schlichten Holztisch vor dem Hintergrund eines markanten Baumstamms. Ein davon stumpfwinklig abzweigender Ast weist etwa in die gleiche Richtung wie der goldene Pfeil, und in der Ferne wird das Panorama einer mit dem Horizont verschmelzenden Mittelgebirgslandschaft angedeutet. Die Lichtverhältnisse der Komposition lassen den nahen Winter erahnen. Ein wahrlich meisterhaftes Werk von Nähe und Weite auf einem Tableau von maximal dreißig mal vierzig Zentimetern, ein Öl-Gemälde, laut Vermerk hinter der Signatur rechts unten auf dem Bild im Oktober 1944 (10 44 = 10. Monat 1944) erschaffen ..."

Kobayashi-san faltete die Zeitung zusammen und steckte sie in die rechte Außenbrusttasche seiner Blousonjacke, denn die Enoden näherte sich der Bahnhofshalle ihrer westlichen Endstation Fujisawa.

*

Die Warteschlange vor dem Eingang der Yamaguchi Galerie war lang, und Kobayashi-san überraschte, dass sich vormittags an einem normalen Werktag derart viele Kunstinteressierte eingefunden hatten.

Wahrscheinlich sind es die großen Namen, von denen sich die Besucher angezogen fühlen, folgerte er, ein Selbstportrait von Lovis Corinth oder einen Frauenakt von Ludwig Kirchner sieht man hier schließlich eher selten. Und mit einer gewissen Genugtuung stellte er fest, dass trotz aller Amerika-Begeisterung bezüglich Literatur, Musik oder Kino-Schinken made in Hollywood bei seinen Landsleuten wenigstens noch eine gewisse Neugier auf die deutsche Malerei lebendig geblieben war.

Für den Eintritt reichte das Kleingeld in den Hosentaschen nicht mehr, und Kobayashi-san musste einen der vier 10.000-Yen-Scheine aus seiner Brieftasche wechseln.

Auf der Rückseite der Eintrittskarte wurde erklärt, unter welchen Bedingungen die Ausstellung realisiert werden konnte. Zuvorderst natürlich durch die spendablen Betreiber der Galerie, aber dann auch, so der Text: „... dank großzügiger Leihgaben einiger Sammler, die anonym zu bleiben wünschen." Jegliches Fotografieren in den Galerieräumen war, wie nicht anders zu erwarten, natürlich strengstens verboten.

Kobayashi-san musste schmunzeln. Seit Geldanleger vermehrt in Kunst und Antiquitäten und nicht in Aktien oder Warentermingeschäfte investierten, achtete das Finanzamt mit Argusaugen darauf, wer wann welche drittklassige Picasso-Skizze von wem erworben hatte. „Allgemeine Kapitalflucht in Kunstobjekte" hatte die Wirtschaftszeitung Keizai Shimbun getitelt, und was früher nur sehr selten vorgekommen war, passierte nun ständig: Wenn Kobayashi-san eigene Gemälde oder Skulpturen verkaufte, wurde er um einen schriftlichen Beleg mit schwammigen Formulierungen gebeten. „Skulptur als Dekorationsschmuck geliefert" oder „Vier farblich aufeinander abgestimmte Bildelemente zur Raumausstattung angefertigt". Nicht dass er für seine Werke auch nur annähernd Picasso-ähnliche Preise erzielte, aber selbst von seinen Abnehmern wollte niemand schlafende Hunde wecken und den Eindruck hinterlassen, ein professioneller Kunstsammler zu sein, der womöglich seine Yen vor der Steuer in Sicherheit brachte. Unangenehme Nachfragen seitens der Finanzbehörde würden andernfalls mit Sicherheit folgen.

Kein Wunder also, wenn in der Galerie Yamaguchi unter den ausgestellten Werken zwar überall der Name des Künstlers stand, aber nicht, wer sie als Leihgabe zur Verfügung gestellt hatte.

Die Bilder in Muße zu betrachten gestaltete sich wegen der vielen Besucher schwierig. Zumeist verstellte eine Menschentraube den Blick auf die Werke. Im Schneckentempo gelangte Kobayashi-san schließlich zu dem Gemälde, das von einem Macke und Dix flankiert wurde: „Stillleben, Paul Klüber, Oktober 1944".

Augenblicklich verstand er, warum Frau Saotome das Bild meisterhaft genannt hatte. Hier hing eindeutig ein Juwel, das anscheinend von sämtlichen Kritikern bislang übersehen worden war, denn als jemand, der selbst malte, wusste er, wann er ein Kunstwerk von außergewöhnlicher Qualität vor sich hatte.

Kobayashi-san war über alle Maßen beeindruckt, mehr noch: Dieser Paul Klüber war es wert, dass man sich gründlich mit ihm beschäftigte. Das Studium seiner Bilder versprach Anregung und Inspiration.

Haruki Kobayashi knöpfte die linke Außentasche seines Fliegerblousons auf.

Nachdem er ohne Aufsehen zu erregen das Stillleben zweimal fotografiert hatte, blockierte der Auslöseknopf. Mit einem leisen Surren wurde das Filmende im Innern des Apparats in die Spule gezogen. Kobayashi-san steckte die Minolta zurück und überlegte. Zwei Aufnahmen, aber falls die nichts geworden sind? Sicher ist sicher, ich mache lieber noch ein paar. Er sah sich nach einem Ort um, wo er die Spule ungestört wechseln konnte, entdeckte aber keinen geeigneten. Der Filmaustausch fand daraufhin geschickt in der Jacke statt, und der voll belichtete Film verschwand in einer Hosentasche.

Das Klüber-Gemälde erregte großes Besucherinteresse, schien auch einen Mann und eine Frau anzuziehen, die, sich angeregt unterhaltend, sich immer wieder vor das Bild schoben. Der Mann zeigte Kobayashi-san kurz das Profil. Er würde – etwa mit Oberlippenbart und Goldrandbrille ausstaffiert – ein klein wenig dem verblichenen Shôwa-Kaiser Hirohito ähneln, der nach dem Zweiten Weltkrieg nur noch als „Symbol der japanischen Nation" gegolten und ohne ordengeschmückte Uniform wie ein x-beliebiger Schullehrer oder wie der nette Bankangestellte von nebenan ausgesehen hatte.

Der Mann vor dem Stillleben war eine ebenso unauffällige Erscheinung und irgendwie schwierig einzuschätzen. War er vierzig? War er fünfzig?

Die Frau zeigte nur ihre schmale Rückseite, die Haare trug sie knapp schulterlang.

Eine Lücke vor dem Stillleben tat sich auf, und Kobayashi-san glückten zwei weitere Fotos. Das dritte indes würde wohl unbrauchbar sein, weil der Mann und die Frau erneut vor das Gemälde getreten waren. Beim vierten Versuch hatten die beiden das Klacken des Auslösers vernommen und sich ruckartig umgefreht. Ihre Gesichter verrieten, dass sie kaum darüber erfreut waren, abgelichtet zu werden. Der Beinahe-Kaiser-Hirohito deutete sogar wütend mit einer zusammengerollten Zeitung auf den Fotografen. Es war die Shônan Mainichi, unverwechselbar durch ihr meerblaues Logo.

Kobayashi-san befürchtete schon, er würde jetzt zur Rede gestellt werden, aber Gottlob drängten sich in diesem Moment mehrere Ausstellungsbesucher zwischen ihn und das Paar.

Bevor auch Galerie-Angestellte auf den Vorfall aufmerksam wurden, tauchte Kobayashi-san in dem Gewimmel unter, das ihn von allen Seiten umgab. Er versuchte sich noch zu zwei, drei anderen Exponaten durchzukämpfen, gab aber wegen der zahlreichen Leute in den Galerieräumen sein Unterfangen bald auf. Nächste Woche ist es hier bestimmt ruhiger als am Tag nach der Vernissage, dachte er.

Als er die Galerie verließ, war die Wolkendecke verschwunden. Es gab sie bisweilen tatsächlich, diese fast sommerlich warmen Herbstmittage an der Shônan-Küste. Nicht das geringste Lüftchen wehte, und der Himmel war tiefblau.

Halb zwölf. Kobayashi-san dachte einen Moment nach, dann stand sein Entschluss fest. Das „Bowls“ an der Hauptstraße von Kamakura hatte werktags ab elf Uhr geöffnet. Er würde dort nach Paul Klüber googeln und gleichzeitig etwas Leckeres zu Mittag essen können. Das Internet-Café-Restaurant neben der Katholischen Kirche an der Wakamiyaôji-Allee wurde überall für seine köstlichen Eintopfgerichte gelobt.

Kobayashi-san zog die Fliegerjacke aus, hängte sie sich locker über die Schultern und durchsuchte seine Hosentaschen erneut nach Geld für die Enoden.

Auf einen Sitzplatz mussten die meisten Passagiere verzichten, da aus dem Großraum Tôkyô unterdessen die Touristenmassen eingetroffen waren, die sommers wie winters das Shônan-Gebiet stürmten. Sie wollten selbstverständlich ebenfalls mit der berühmten Kleinbahn fahren. Kobayashi-san legte deshalb den größten Teil der Strecke von Fujisawa bis zur östlichen Endstation Kamakura eingequetscht wie eine Sardine zwischen anderen Fahrgästen zurück.

In der Geschäftspassage vom Enoden-Terminalgebäude machte er verschiedene Besorgungen, erwarb Kleinigkeiten wie Wurstaufschnitt oder die von ihm geschätzten Sembei, Reiskekse mit schwarzen Sesam-Körnern. Alles in allem handelte es sich um Einkäufe, die er noch ohne Weiteres in den Außentaschen seiner Blousonjacke unterbringen konnte. Bevor er sich in Richtung „Bowls“ begab, gab er den vollen Film in einem Fotogeschäft ab.

„Übermorgen um die gleiche Zeit können Sie die Bilder abholen, mein Herr!“ wurde ihm beschieden.

Im „Bowls“ erhielt er einen der hauseigenen Laptops und setzte sich auf einen Platz, von dem er die geschäftige Wakamiyaôji-Allee, Kamakuras Hauptschlagader, überblicken konnte. Nachdem er das Tagesgericht in einer Donburi-Keramikschale bestellt hatte, gegarter Gemüsereis, garniert mit einer frittierten Großgarnele, informierte er sich im Internet über Paul Klüber.

Als das Essen nach zwanzig Minuten serviert wurde, hatte sich Kobayashi-san über die Vita des Malers, der aus dem Rhön-Dorf Kleinsassen stammte, einen groben Überblick verschafft. Ein viel in der Welt herumgekommener Künstler à la Macke, Nolde oder Klee war der im Zweiten Weltkrieg verschollene Kollege nicht gewesen, eher ein überaus bodenverhafteter Mensch. Das Zentrum seines Schaffens war die Rhön, besonders ein markanter Berg dort mit der seltsamen Bezeichnung „Milseburg“, und sein Geburtsdorf Kleinsassen.

Für den Rückweg nach Inamuragasaki nahm Kobayashi-san wieder die Enoden-Bahn. Kleinsassen – das klang in seinen Ohren völlig fremd. Auf den Studienreisen, die ihn mit Berlin, Hamburg und München nebst Umgebung vertraut gemacht hatten, war ihm dieser Ortsname nie begegnet, daran hätte er sich bestimmt erinnert.

Im Supermarkt am Inamuragasaki-Bahnhof besorgte er noch ein paar Kleinigkeiten für seinen Haushalt, nützliche Dinge wie Wäscheklammern und Müllbeutel. Gegen fünfzehn Uhr daheim angekommen, legte Kobayashi-san die Shônan Zeitung und die Einkäufe auf den Küchentisch.

Aber wo zum Teufel war die kleine Minolta abgeblieben?!

Kobayashi-san zerbrach sich eine Weile den Kopf, bis er zu dem Ergebnis kam, dass sie ihm höchstwahrscheinlich in der rappelvollen Enoden aus der Fliegerjacke gerutscht war. Wegen der Hitze hatte er sie natürlich dort nicht angezogen. Man war in den Waggons so eingepfercht gewesen, dass kein Fahrgast es gewagt hatte, zur Gewichtsverlagerung einen Fuß auch nur geringfügig anzuheben, weil sich augenblicklich der eines anderen

Passagiers darunter geschoben hätte. An einen Trickdieb geraten zu sein kam Kobayashi-san nicht in den Sinn, denn ein Fachmann würde ihn vorrangig um die Geldbörse in der Gesäßtasche erleichtert haben. Seine veraltete, gebrauchte Kamera wäre garantiert kein stehlenswertes Objekt gewesen.

Kobayashi-san beschloss, bei Gelegenheit im Fundbüro der Enoden in Fujisawa nachzufragen, ob jemand die Minolta abgegeben hatte.

3. Kapitel

Lost and found

Der Mann rief von einem Münzapparat am Westausgang des Kamakura Bahnhofs aus an. „Ich habe ihm den Apparat in der Enoden abnehmen können, ohne dass er etwas gemerkt hat. Was ist mit dem Stillleben?“

„Sie haben es anstandslos abgehängt und mir mitgegeben“, antwortete eine Frauenstimme. „*Imo, imo, ishiyaaaakiimo ...*“, war im Hintergrund der Megaphon-verstärkte Singsang eines Süßkartoffelverkäufers vernehmlich, der mit seinem Pick-up durch die Straßen fuhr.

„Gut“, sagte der Mann. „Ich lass jetzt irgendwo unauffällig die Kamera verschwinden und sehe zu, was ich in punkto Sachiko Saotome unternehmen kann. Ihre Adresse stand im Telefonbuch. Sie wohnt am Kamakura-Schrein im Stadtteil Nikaidô.“

Als Kobayashi-san den Verlust seiner kleinen Minolta bemerkte, hatte der Mann den Fotoapparat bereits auf dem Gelände des Hachimangu-Schreins, des zentralen Heiligtums von Kamakura, mit einem feuchten Erfrischungstuch abgerieben und in einem Gebüsch entsorgt. Selbstverständlich war vorher der in der Kamera befindliche Film entnommen, unbrauchbar gemacht und in einen Abfallkorb auf dem Schrein-Areal geworfen worden. Jetzt stand der Mann in einer öffentlichen Fernsprechkabine unweit von Sachiko Saotomes Haus im Stadtteil Nikaidô und wählte die zentrale Rufnummer der Shônan Mainichi.

Eine Sekretärin meldete sich. „Shônan Mainichi de gozaimasu. Womit kann ich Ihnen behilflich sein?“

„Ich hätte gerne das Feuilleton.“

„Gerne, der Herr. Und mit wem von der Redaktion möchten Sie sprechen?“

„Mit Frau Saotome, falls es möglich wäre.“

„Ich fürchte nicht. Frau Saotome befindet sich in einer wichtigen Besprechung.“

„Schade. Wissen Sie zufällig, wie lange die Konferenz dauern wird?“

„Da sie gerade eben erst begonnen hat, bestimmt noch anderthalb, zwei Stunden. Minimum!“

Der Mann legte auf und dachte nach. Das Verlagsgebäude der Shônan Mainichi war in Yokohama. Es blieb also genug Zeit, um sich ohne Eile im Nikaidôer Haus der Feuilletonistin umzusehen. Das Klüber-Gemälde in der Morgenausgabe der Zeitung war wegen des absoluten Fotografierverbots der Yamaguchi Galerie zwar nur verbal beschrieben gewesen, dennoch hatte die Saotome höchstwahrscheinlich ebenfalls klammheimlich eine Aufnahme von dem Stillleben gemacht, zumal sie es in den allerhöchsten Tönen gelobt hatte. Und falls ein solches Foto existierte, musste es ein für alle Mal verschwinden!

Die Straße war eine ruhige Sackgasse, und bis auf gelegentliche Lieferwagen vom Kinokuniya oder Union Supermarkt gab es keinen Verkehr.

Saotome-sans Haus lag verborgen hinter einer dichten Bambushecke. Die Zaunpforte sicherte nur ein Riegel, den man von außen wegschieben konnte. Ein trittsteinbelegter Pfad führte zur Eingangstür. Das Gebäude, ein U-förmiger, moderner Bungalow, hatte bestimmt einen gehörigen Batzen Geld gekostet, und auch das Anlegen des durchgestylten Gartens musste Unsummen verschlungen haben. Offenbar nagt man als journalistische Edelfeder nicht am Hungertuch, dachte der Mann.

Er klingelte sicherheitshalber mehrmals und wartete drei, vier Minuten. Als nichts passierte, wusste er, dass er es riskieren konnte. Falls die Feuilletonistin eine Haushaltshilfe beschäftigen sollte, war die jedenfalls derzeit abwesend.

Er steckte über dem Schloss eine Plastiktelefonkarte zwischen Zarge und Türblatt und zog sie mit leichtem Druck nach unten. Das Schloss entsperrte, der Mann drückte die Tür mit der Schuhspitze auf und staunte. Die vom Eingangsbereich abgehenden Räume standen weit offen, und überall hingen teuer aussehende Reproduktionen deutscher Meisterwerke des 20. Jahrhunderts: Liebermann, Beckmann, Grosz, Corinth, Nolde, Kokoschka ...

Das Zimmer gegenüber der Haustür diente der Kunstkritikerin offensichtlich als Arbeitszimmer. Auf einem Schreibtisch lagen mit Lesezeichen versehene Ausstellungskataloge, Nachschlagewerke wie ein Lexikon des Skandinavischen Jugendstils und – eine flache Digitalkamera. Ein geschlossener Laptop schaute unter einem Stoß zerlesener Shônan Zeitungen hervor.

Der Mann studierte kurz die Menüführung des Fotoapparats, aktivierte den Wiedergabemodus und unterdrückte einen Freudenschrei, denn seine Ahnung war richtig gewesen. Sachiko Saotome hatte heimlich zwei Aufnahmen von dem Klüber-Stillleben gemacht.

Daraufhin nahm der Mann sich den Rechner vor. Zum Glück war der Zugang nicht durch ein Passwort gesichert. Und wieder erschien das Stillleben mit den Goldschüsselchen im Display.

Hier blieb nur eine Lösung: Kamera und Laptop mussten weg, da das Löschen der Gemälde-Fotos auf beiden Geräten womöglich Fragen provozieren könnte, die tunlichst vermieden werden sollten. Das Beste wäre, die Feuilletonistin würde an einen Einbruch glauben. Dafür jedoch bedurfte es noch einiger in die Irre leitender Spuren.

Der Mann sah sich im Haus um und wurde in der Küche fündig. Mit einem über die rechte Hand gestreiften Einkaufsbeutel aus Baumwolle zog er zwei Schubladen aus dem Schreibtisch und schüttete ihren Inhalt so lautlos wie möglich auf den Fußboden.

Ein Portemonnaie mit etwa 5.000 Yen Inhalt, eine Swatch-Damenarmbanduhr und ein versilberter Brieföffner hätten für einen professionellen Einbrecher eine wohl eher enttäuschende Beute ergeben, aber der Mann war zufrieden. Er löschte nun die Bilddateien auf Digitalkamera und Rechner und wischte das „Diebesgut" mit Erfrischungstüchern sorgfältig ab, bevor er die Sachen in den Baumwollbeutel steckte. Der Mann stülpte einen Stoffzipfel über die Klinke und drückte die Haustür zu, bis das Schloss hörbar einschnappte.

Kurz vor dem Ende der Sackgasse führte rechterhand der Pfad zum Tenen-Wanderweg hoch. Die Stadt Kamakura hatte im Mittelalter als Hauptsitz der Shôgunatsregierung nie eine Befestigungsmauer besessen. Der sie umgebende zerklüftete Hügelkranz war landseitig Schutz genug gewesen, und an den passartigen Zugangsstraßen hatte man bei Bedarf schnell unüberwindliche Verhaue errichtet.

Die Chance, dass ein Wanderer jemals in eine der steilen dornenbewehrten Schluchten in den Hügeln hinabkletterte, ging gegen Null.

In genau so einen Abgrund schleuderte der Mann den grasgrünen Einkaufsbeutel vom Kinokuniya Supermarkt.

*

Ob im Kaufhaus, auf der Sparkasse oder im Bahnhof, überall in Japan ist beständig ein Heer von Rentnern im Einsatz, um die oft spärlichen Alterseinkünfte aufzubessern. Nippon ist alles andere als ein Paradies für sozial schwache Mitbürger. Immerhin wird diese Arbeit nicht stigmatisiert. Ehemalige Polizisten und Ex-Angehörige der Selbstverteidigungsstreitkräfte etwa werden als Security-Personal von Banken geschätzt. Silver-Ager wie beispielsweise vormalige Verkäuferinnen oder ungelernte Arbeiter müssen sich aber mit anspruchsloseren Tätigkeiten zufrieden geben.

Frau Takahashi, die soeben ihr siebzigstes Lebensjahr erreicht hatte, haderte nicht mit dem Schicksal. Immerhin oblag ihr mit drei weiteren Frauen die ehrenvolle Aufgabe, als Gärtnergehilfin im Hachimangu-Schrein dafür zu sorgen, dass die ausgedehnten Gartenanlagen nie vermüllten. Die Arbeit war einfach, denn was Abfall betrifft, sind Japaner sehr penibel, fundamentalistischer fast noch als deutsche Öko-Fanatiker. Und wenn doch gelegentlich eine Aludose oder PET-Flasche im Gebüsch neben dem Abfallkorb landete, dann bereitete das auch keine Probleme. Frau Takahashi war gelenkig wie eine sportliche Endvierzigerin und mit Sicherheit weitaus agiler als viele der pummeligen mit McDonald's und anderem Fastfood aufgewachsenen Schulkinder, die sie auf dem Hachimangu-Gelände zu sehen bekam, wenn deren obligatorischer Kamakura-Klassenausflug erfolgte.

Frau Takahashi hörte ausgezeichnet und brauchte auch noch keine irgendwie gestaltete Sehhilfe. Dass da am Genji-Teich unter dem ausladenden und darum von einer dünnen Metallstange gestützten Ast der Zwergkiefer weder eine Aludose noch eine PET-Flasche lag, war ihr auf den ersten Blick klar. Aber was genau dort jemand hingeworfen hatte, konnte sie nicht erkennen. Behände stieg sie über einen kniehohen Bambuszaun, an dem ein Schild mit der Aufschrift hing: „Es ist auf dem Schreinareal strengstens untersagt, zum Fotografieren die markierten Wege zu verlassen!"

Als Takahashi-san dem Baum näher kam, schnaubte sie und dachte nur: Wozu sind hier eigentlich überall Verbotstafeln angebracht? Denn sie hatte den Gegenstand unter dem Ast als eine kleine Kamera identifiziert, die offensichtlich von einem der Foto-Enthusiasten verloren worden war. Sie hob den Apparat auf und steckte ihn in die geräumige Außentasche ihrer Kittelschürze.

Die Behauptung, man könne in Nippon ein Portemonnaie mit Bargeld in einem öffentlichen Verkehrsmittel liegen lassen und würde die Geldbörse samt Inhalt mit an Gewissheit grenzender Wahrscheinlichkeit wiedererhalten, ist nicht aus der Luft gegriffen. Nach der Tsunami-Katastrophe 2011 in Nordost-Japan haben ehrliche Finder Geldbündel im Wert von Abermillionen Euro bei den zuständigen Sammelstellen abgegeben. Auch Frau Takahashi hatte selbstverständlich nicht die Absicht, ihren Fund für sich zu behalten, sondern lieferte ihn am Ende der Schicht im Büro der Schreinverwaltung ab.

„Wieder so ein Analphabet! Die Minolta lag unter einer Kiefer am Genji-Teich."

Der Mann hinter dem Schreibtisch nickte und verdrehte bloß die Augen.

*

Als Sachiko Saotome den verstreuten Inhalt der Schreibtischschubladen auf dem Boden ihres Arbeitszimmers sah, zögerte sie keine Sekunde und wählte 110. Keine zwanzig Minuten später stiegen die Kriminalpolizeiinspektoren Tôhei und Tadayama aus ihrem Dienstwagen.

Die Feuilletonistin erwartete die Beamten bereits an der Gartenpforte.

Inspektor Tôhei übernahm als Dienstältester die Befragung, während sein Kollege den gepflegten Garten begutachtete. In Optik investieren die Leute ohne mit der Wimper zu zucken viel Geld, aber bei einigermaßen solider Sicherheitstechnik geizen sie dann meistens. Seine Gedanken behielt er für sich.

4. Kapitel

Wiedersehen mit dem Land der offenen Fernen

Klaus Esbeck hatte sich auf einen richtigen deutschen Winter in der Rhön gefreut, auf einen Winter mit Schnee, Eis und klirrender Kälte. Und nun? Das Computerdisplay im Armaturenbrett seines Autos vermeldete Ende Februar stolze zehn Grad – plus! – Außentemperatur. Zudem schüttete es wie aus Kübeln.

Hinter Fulda wurde der Regen heftiger und heftiger, um ab Almendorf sintflutartige Ausmaße anzunehmen. Im Prinzip hätte Esbeck die ganze Zeit über die Milseburg, das Wahrzeichen der Vorderrhön, sehen müssen, aber der markante Berg verbarg sich irgendwo in der Ferne. Die restliche Strecke ab Hofbieber bis zum Malerdorf Kleinsassen legte er bei einsetzender Dämmerung mit zusätzlich eingeschalteten Nebelleuchten zurück.

Zweihundert Meter vor dem gelben Ortschild drosselte er die Geschwindigkeit auf Schritttempo, denn die Fahrbahn bedeckte ein unkalkulierbarer Wasserspiegel. Glücklicherweise hatte man im Herbst die meisten Straßen mit Schneestangen versehen, die sich jetzt als nützliche Orientierungshilfen erwiesen. Esbeck erreichte somit Kleinsassen, ohne Bekanntschaft mit einem Straßengraben zu machen, und das Navi seines Leihwagens leitete ihn problemlos zu dem Fladung'schen Feriendomizil am Stellbergweg weiter, das er schon in Japan via Skype für die kommenden Wochen fest gebucht hatte.

Die Jagdhütte bei Simmershausen, in der er vor drei Jahrzehnten untergekommen war, gab es nicht mehr. Auch der alte Bauer Fladung war verstorben, hatte Esbeck von dessen Sohn Heribert erfahren. Man würde jedoch über etliche andere Ferienhäuser in der Rhön verfügen. Ob Herrn Esbeck wohl eine der Unterkünfte im Dorf Kleinsassen genehm wäre?

„Aber sicher doch!" hatte der erfreut geantwortet, weil Kleinsassen ohnehin das erklärte Ziel seiner Deutschlandreise war. Davon hatte Heribert Fladung natürlich nichts wissen können. „Kleinsassen passt mir hervorragend. Ich wollte der Kunststation sowieso einen Besuch abstatten, um mir den Neubau anzuschauen."

„Waren Sie denn damals nach dem Brandanschlag nie mehr dort?"

„Doch, einmal kurz nach 1983, aber nicht mehr nach dem finalen Umbau vor ein paar Jahren. Ich weiß zwar dank Internet, wie sehr sich alles verändert hat, die virtuelle Erfahrung ist jedoch mit dem Malen nicht zu vergleichen." Esbeck hatte gelacht. „Ich gehöre trotz Smartphone und Laptop noch zur altmodischen Generation Analog, falls Sie mich verstehen, Herr Fladung."

„Wie ich doch auch, wie ich doch auch", war ihm zugestimmt worden.

„Mir fällt gerade ein, dass Sie sich früher irgendwie in der Kunststation Kleinsassen engagiert haben. Machen Sie das weiterhin?"

„Leider nein, aus Zeitgründen schlichtweg." Heribert Fladung hatte geseufzt. „Als Junggeselle ging das noch problemlos. Aber jetzt mit Frau und drei Kindern ..."

Bisweilen vergehen Dekaden wie Minuten. Nach dem Telefonat hatte Klaus Esbeck vor seinem geistigen Auge erneut die verkohlte Ruine der Kunststation gesehen und sich an seine Mitwirkung bei der Aufklärung eines spektakulären Gemälderaubs erinnert, zu dessen Verschleierung der Brandanschlag auf die Kunststation verübt worden war. Aber vorbei ist vorbei. Nicht bloß der alte Bauer Fladung, Vater von Heribert Fladung, auch die Auftraggeber des Verbrechens nebst ihrer Helfershelfer weilten alle nicht mehr unter den Lebenden.

Esbeck wollte die Rhön zwar auch aus nostalgischen Gründen besuchen, der eigentliche Reiseanlass indes war ein freundlicher Nachbar aus seiner Wahlheimat am Stillen Ozean. Er hieß Haruki Kobayashi und war ein Maler und Bildhauer aus Kamakura-Inamuragasaki. Durch Esbecks Anregung und Vermittlung – und bestimmt ebenfalls, weil Kobayashi-san sich brennend für die Werke des Kleinsassener Malers Paul Klüber interessierte – hatte der Nachbar ein sechsmonatiges Aufenthaltsstipendium der Kunststation mit der Option erhalten, die in dieser Zeit geschaffenen Werke später dort ausstellen zu können.

*

Klaus Esbeck hupte kurz und lenkte den Wagen um einen am Straßenrand abgestellten Land Rover durch ein weit geöffnetes Zauntor auf das Ferienhausgrundstück am Stellbergweg. Augenblicklich erstrahlte der Lichtkegel eines Bewegungsmelders.

Der Leihwagen kam zum Stehen, der Motor wurde abgestellt, das Seitenfenster einen Spalt herabgelassen. In der Haustür erschien ein Mann mit einem langhaarigen Jagdhund, der neugierig das Auto beäugte.

„Sitz, Hasso!“

Der Hund parierte aufs Wort.

Hasso? Hieß nicht einer der Hunde vom alten Fladung auch so? überlegte Esbeck und spannte einen vorsorglich auf dem Beifahrersitz deponierten Taschenschirm auf, eilte die Stufen zur Haustür hoch, schüttelte die ausgestreckte Hand und kraulte den Setter zur Begrüßung.

„Herzlich willkommen, Herr Esbeck. Sie haben sich ein Prachtwetter für Ihren Winterurlaub ausgesucht.“

„Guten Abend, Herr Fladung!" Esbeck musterte kritisch die Sturzbäche auf dem Scheunendach gegenüber und verzog das Gesicht. „Wer jetzt zum Skilanglauf hierher gefahren ist, wird mit Sicherheit gehörig Frust schieben. Mit einem derartigen Regenchaos hat ja wohl niemand gerechnet. Bestimmt desolat, dieses Wetter, wenn man Ferienunterkünfte vermietet."

„Ich war am Nachmittag bei einem Treffen der Arbeitsgemeinschaft Rhön-Marketing in Hofbieber. Die Auslastung ist im Prinzip gar nicht so schlecht, weil es dort mehrere Einquartierungen im Ort für länger gibt. Ein Verbandsmitglied aus Poppenhausen konnte Ähnliches berichten, und ein Cousin von mir in Hilders macht gerade im Winter das dicke Geschäft, seit er seinen Gasthof im vorletzten Sommer aufwendig restauriert und ausgebaut hat."

„Woher kommen die Touristen denn?" wollte Esbeck wissen. „Ich meine im Internet gelesen zu haben, das Januarwetter hierzulande wäre in den letzten Jahren häufig unbeständig gewesen."

„Stimmt, nur schert das diese Mieter wenig. Es sind UNESCO-Wissenschaftler, die sich arbeitsbedingt in der Rhön aufhalten: Geologen, Botaniker, Archäologen. Möglicherweise kommen ein paar der Herren von dort, wo Sie und Herr Kobayashi wohnen."

„Sieh mal einer an, selbst aus Nippon reist man an!"

„Ob nun hundertprozentig aus Japan kann ich natürlich nicht sagen." Heribert Fladung grinste und zog mit beiden Zeigefingern an seinen äußeren Augenwinkel. „Zumindest stammen etliche der Leute aus Fernost. Korea, China, Vietnam, was weiß ich. Wie dem auch sei, wir werden uns morgen vermutlich per Schlauchboot fortbewegen müssen, falls mich nicht alles täuscht! Im Übrigen ist schon ein Päckchen für Sie eingetroffen." Scherzend fügte er hinzu: „Man hat es mittags noch auf dem herkömmlichem Postweg angeliefert – per Pkw. Aber nun erst einmal rein mit Ihnen ins Trockene!"

Hasso, der sich ebenfalls angesprochen fühlte, trabte schwanzwedelnd voran.

Sie gingen in die Diele, dann wurde sogleich die obligatorische, dickbauchige Flasche Rhöngeist zusammen mit dem Päckchen gebracht.

Esbeck warf einen Blick auf den Absender: Fulda, Löherstraße 13, Buchhandlung und Antiquariat Ulenspiegel. Ah, gut! dachte er. Das dürften schon die bestellten Titel sein.

Heribert Fladung schenkte derweil zwei Gläser von dem hochprozentigen Schnaps ein, Hasso wurde mit einem Stück getrockneter, geflochtener Rinderhaut bedacht.

Man stieß auf das Wiedersehen an und trank, wie es die Sitte verlangt, auf ex.

„Fürwahr ein Zauberwässerchen bei Eis und Schnee, aber auch bei diesem Mistwetter keineswegs zu verachten!" lobte Esbeck den einheimischen Kräutergeist.

Der Setter begann wohlig grunzend seinen Kauknochen zu benagen.

„Bleibt es dabei, dass Sie morgen als Erstes der Kunststation einen Besuch abstatten werden, wie Sie am Telefon angedeutet hatten?" wollte Heribert Fladung wissen.

„Ja. Ich bin mittags Punkt zwölf mit Direktor Rundvoigt und Herrn Kobayashi im Museumscafé verabredet."

„Herrn Kobayashi habe ich bereits kennengelernt, ein wirklich netter Kerl, Ihr Freund, und sein Deutsch ist auch vorzüglich. Aber Sie sagten eben: Direktor Rundvoigt. Nun, der Direktor ist Vergangenheit."

Esbeck runzelte irritiert die Stirn. „Wie denn das? Ich habe doch neulich erst mit ihm telefoniert ..."

„Verstehen Sie mich bitte nicht falsch, Herr Esbeck." Heribert Fladung lachte. „Herr Rundvoigt ist weiterhin für die Kunststation tätig. Allerdings nicht mehr als verbeamteter Direktor, sondern nach seiner Pensionierung nunmehr als Geschäftsführer eines Trägervereins mit Namen Kunststation Kleinsassen e. V."

„Das kenne ich doch irgendwie!" Esbeck schmunzelte. „Ich bin einer der Vorsitzenden in unserem Aikidô-Sportverein in Kamakura und weiß ziemlich genau, was so ein Ehrenamt bedeutet: viel Arbeit, aber wenig Geld – und falls doch, dann meistens in Form einer mehr symbolischen Aufwandsentschädigung."

Dann wurde er von seinem Vermieter durch alle Räume geführt. Schon die gemütliche Jagdhütte damals in Simmershausen war erfreulich anders gewesen als die ortsüblichen Urlaubsdomizile, und auch hier in dem eingeschossigen Haus am Stellbergweg baumelte kein Wagenrad oder Pferdegeschirr bonanzamäßig von der Zimmerdecke. Die beliebten rustikalen Bauernmöbel fehlten ebenfalls. Anstelle eines „Röhrenden-Hirsches-vor-dunkler-Gebirgswand" hing neben dem offenen Kamin unterhalb einer zierlichen Wanduhr eine mit P. K. signierte Reproduktion, mithin ein Werk von Paul Klüber, dem nonkonformistischen Rhön-Maler. Ein majestätischer Baum mit einem dicken, nach rechts abzweigenden Ast. Esbeck legte die Stirn in Falten, musterte das Bild eine Weile und überlegte, ob es womöglich sogar ein Originalwerk sein könnte.

Heribert Fladung schien die Gabe des Gedankenlesens zu besitzen. Eine Verbeugung andeutend sagte er: „Der Klüber ist echt. Es handelt sich um ein Familienerbstück. Öl auf Leinwand. Es war – 1980? – meinem Vater von seiner ältesten Schwester vermacht worden. Tante Erika hatte als junge Frau in den Kriegsjahren hier in Kleinsassen gewohnt und gearbeitet, im Café Dochnahl, wo Klüber immer auch gerne einkehrte. Er war ja meistens klamm an Barschaft und hat vermutlich mit dem Gemälde bei den Wirtsleuten die aufgelaufenen Rechnungen beglichen. Irgendwann muss das Bild dann in den Besitz von Tante Erika gelangt sein. Sie hat dann gleich zu Anfang der Fünfziger in Hilders den Wirt vom Gasthof Forellenbach geheiratet."

„Café Dochnahl? Wo im Dorf ist das Café?"

„Die Gaststätte existiert schon lange nicht mehr", klärte ihn Heribert Fladung auf. „Auf dem Grundstück steht jetzt ein Neubau."

Esbeck trat dichter vor das Gemälde. „Hat das Bild einen Namen?"

Der Vermieter nickte. „Er ist auf der Rückseite des Keilrahmens vermerkt. Von Paul Klüber selbst, denn es handelt sich eindeutig um seine Handschrift: ‚Abendstimmung an der Wendebuche, Frühling 1944'."

„Wendebuche?"

„So heißt eine buchenbestandene Anhöhe westlich der Milseburg. Der Baum, den Klüber häufiger gemalt hatte, wurde irgendwann in den letzten Jahren gefällt, aber geblieben ist selbstverständlich die Ortsbezeichnung. Sie benennt eine Stelle an der Landstraße L 3379 vom Malerdorf nach Hilders, wo früher den Zugtieren eine Rast gegönnt wurde. Mit anderen Worten: Exakt dort befindet sich der höchste Punkt zwischen Kleinsassen und der Nachbargemeinde Oberbernhardts. Klüber hatte den Ort oft als Motiv gewählt: als Holzschnitt, als Bleistiftskizze, aber auch in Tempera. Kann sein, dass manche Leute hier in der Rhön noch die Keller voller Leinwände haben und nicht wissen, mit was für Kunstschätzen sie ihre Kartoffeln abdecken. So, und hier geht es auf die Terrasse." Heribert Fladung wies auf eine Glastür. „Auch wenn ich eine elektrisch ausfahrbare Markise angebracht habe, bezweifle ich, dass Sie sich dort häufig aufhalten werden."

Esbeck lachte. „In nächster Zukunft vermutlich eher selten."

In dem Ferienhaus fanden sich sämtliche Annehmlichkeiten der Zivilisation wie Zentralheizung, ein gekacheltes Bad, eine perfekt ausgestattete Küche und – modern times – selbstredend auch ein WLAN-Hotspot. Esbeck notierte sich die Zugangsdaten: Refugium-am-Stellberg.

„Der Kühlschrank enthält alles Gewünschte für einen kleinen Imbiss: Rhöner Schwartemagen, Bauernkäse aus Rohmilch, Butter. Vier rote Franken vom Bürgerspital und zwei Fuldaer Kümmelbrote sind in dem Hängeschrank neben der Spüle. Außerdem gibt es selbstgemachte Marmelade von meiner Frau: Pfirsich-Rhabarber und Blaubeer-Holunder."

Esbeck bedankte sich.

„Ich habe gut in Erinnerung, wie sehr Sie Hunde mögen." Heribert Fladung deutete auf Hasso. „Falls Sie möchten, kann er heute Nacht bei Ihnen bleiben. Zum Gassi nachher und morgen früh öffnen Sie ihm einfach die Haustür", erklärte der Vermieter. „Um den Baumbestand vor Verbiss zu schützen, ist das Grundstück ringsum von einem Wildzaun umgeben. Bei geschlossenem Zauntor darf er sich frei auf dem Gelände bewegen. Wenn Sie morgen Mittag zur Kunststation gehen, lassen Sie ihn einfach hier. Gegen die Waschbärenplage in der Gegend ist Hasso nämlich ein sehr nützlicher Verbündeter."

Der Hund schien zu spüren, dass man über ihn sprach, ließ von seinem Kauknochen ab, sprang freudig zu den Männern.

Esbeck tätschelte den Kopf des Setters. „Na, Hasso, wie wär's mit uns beiden? Wollen wir gemeinsam Haus und Hof gegen Dachs, Marder, Waschbär und Co. verteidigen?"

Heribert Fladung reichte dem Feriengast wortlos einen Beutel mit Hundeleckerli. Der Hund wusste, was folgen würde. Er gab brav Pfötchen und bekam selbstverständlich einen Brocken. Damit war der Pakt besiegelt.

„Ach so", sagte der Vermieter, „wenn Sie wollen, kann Hasso natürlich auch länger bei Ihnen bleiben! Eingefrorenes Futter liegt im Tiefkühlfach. Eine Portion für morgen früh habe ich schon vorsorglich aufgetaut. Ich meine, es war gekochter Pansen, den mag er ganz besonders. Aber bitte nicht mehr als jeweils einen Beutel geben. Monsieur neigt zur Fülligkeit. Ein paar Leckerli zusätzlich sind hin und wieder aber okay. Einfach nur bei mir durchklingeln oder auf den AB sprechen, falls Sie sich entschließen sollten, ihn hier zu behalten."

Hasso und sein Leihherrchen verabschiedeten Heribert Fladung an der Haustür. Der Vermieter half noch, Esbecks Gepäck, eine große Reisetasche und zwei Alu-Rollkoffer, ins Haus zu bringen. Er machte ihn auf ein noch leicht geöffnetes Fenster des Leihwagens aufmerksam, sprintete dann los, zog das Zauntor zu und hastete zum Land Rover weiter.

Esbeck kümmerte sich um das Seitenfenster und schloss im Bungalow hinter sich und Hasso ab, den Schlüssel ließ er stecken. Während der Setter sich wieder mit dem Kauknochen beschäftigte, betrachtete Esbeck lange das Klüber-Gemälde unter der kleinen Wanduhr.

Wendebuche? überlegte er. Ob der Baum auf dem Stillleben in Fujisawa vielleicht auch eine der Buchen dort war?

Schließlich füllte er den offenen Kamin mit Buchenholzscheiten.

Als das Feuer aufflackerte, holte er eine Flasche Rotwein aus der Küche, streifte die Schuhe ab und setzte sich im Schneidersitz auf ein Ecksofa. Das Päckchen mit den Büchern ließ er ungeöffnet. Hasso hatte sich derweil wohlig auf dem flauschigen Wollteppich vor dem Kamin zusammengekringelt und schnarchte dezent.

Klaus Esbeck dimmte die Stehlampe neben der Couch ein wenig ab. Es regnete kaum noch. Gelegentlich erwischte der Mond eine Wolkenspalte und tauchte die das Haus umgebenden nassen Flächen in ein silbernes Licht. Wie in Nippon zur Monsunzeit, dachte Esbeck.

Er nahm einen ersten Schluck. Mochte das Wetter auch enttäuschen, kulinarisch zumindest fühlte sich Esbeck im Paradies. Er schätzte die japanische Küche durchaus, genoss sie stets mit Freuden, begeisterte sich für Sashimi und Sushi, rohen Fisch, aß zum Frühstück kalten, mit grünem Tee überbrühten Reis und knabberte gerne zu Bier oder Reiswein die winzigen, mit Salzkruste besprenkelten Fische. Doch das Japan nach der Millenniumswende war eindeutig nicht mehr das Japan der achtziger und neunziger Jahre. In spezialisierten Geschäften konnte man jetzt beinahe alle westlichen Lebensmittel jedweder Provenienz und Qualität kaufen – allerdings zu exorbitanten Preisen. Schwartemagen und gute Frankenweine indes waren selbst für Unsummen an Yen nirgendwo erhältlich. Nur wenn Besuch aus Deutschland nach Kamakura kam, verdrängten Wurst oder Schinken nebst der einen oder anderen Flasche Trollinger kurzzeitig Sake, Buchweizennudeln und Miso-Suppe.

Eine Windbö peitschte erneut dicke Regentropfen gegen die Fensterscheiben und die Verandatür.

Esbeck langte mit einem Seufzer nach dem Bocksbeutel.

Kamakura-Inamuragasaki, seine Wahlheimat am Pazifik, bot viele Wetter, auch einen gelegentlichen Schneetag. Nur frostklirrende Winter hatte er dort nicht erlebt, sie aber in den letzten Jahren beinahe schmerzlich vermisst. Abwarten! tröstete er sich angesichts der Wasserlandschaft rings um das Haus. Vielleicht wird es ja demnächst doch noch richtig kalt.

Als er die bald geleerte Flasche durch eine neue ersetzte, wanderte sein Blick nochmals zu dem Klüber-Gemälde mit der Wendebuche.

*

Es musste der Wein gewesen sein oder die Anstrengung von der Autofahrt im Regen oder beide Faktoren gemeinsam, die Klaus Esbeck einnicken ließen – jedenfalls schreckte Hasso ihn gegen Mitternacht aus tiefstem Schlaf. „He, was ist denn?" brummelte er, rappelte sich vom Sofa hoch und ging zu der verglasten Terrassentür. Nichts. Kein Dachs, kein Marder, kein Waschbär. Bloß eine mondbeschienene Wasserfläche bis zum Grundstücksrand, auf die nur noch ein hauchfeiner Nieselregen fiel. „Hast du geträumt, Hasso?"

Es kommt vor, dass Hunde im Schlaf bellen, wenn sie einen Albtraum haben. Der Setter blickte treuherzig zu ihm hoch.

Esbeck schaute auf seine Armbanduhr. Er hatte das Abendgassi um Stunden verpasst. „Pardon, alter Knabe, war nicht mit Absicht!" Er sperrte die Eingangstür auf, und Hasso machte einen Satz nach draußen. Als beide wieder ins Haus zurückkamen, beschloss Esbeck, sich einen soliden Mitternachtsimbiss zusammenzustellen.

Den angebrochenen Bocksbeutel vom Bürgerspital begutachtend, stellte er erfreut fest, dass der Wein noch für ein, zwei Gläser reichen würde.

Bald darauf wurde ein Tablett mit zurechtgemachten Broten, üppig belegt mit Schwartemagen und Bauernkäse, neben die Weinflasche und das Glas platziert. Esbeck goss sich aus dem Bocksbeutel ein und griff kauend nach dem Päckchen.

Der Ulenspiegel in Fulda hatte alle gewünschten Bücher beschaffen können. P. Birkenbachs „Künstlerleben – Lebenskünstler. Paul Klüber, Julius von Kreyfelt und das Malerdorf Kleinsassen", Wolfgang Meids „Die Kelten", Ludwig Bechsteins „Aus dem Sagenschatz der Rhön" und eine Publikation aus der Reihe „Archäologische Denkmäler in Hessen" mit Karte und Erläuterungen. Die mit „Die Milseburg in der Rhön" betitelte Broschüre war das „Führungsblatt zu dem keltischen Oppidum bei Hofbieber-Danzwiesen, Kreis Fulda". Die Ulenspiegel-Sendung enthielt außerdem noch eine Rhön-Wanderkarte in großem Maßstab.

Sich zeitgleich an Speis und Trank stärkend, blätterte Esbeck in den Büchern und entfaltete auch die Karten. Er war, wie bereits erwähnt, noch ein bekennendes Relikt der Generation Analog. Internet-Benutzung bedeutete zweifellos eine Erleichterung, der er sich nicht versagen konnte, dennoch vermisste er dabei immer das physische Erlebnis, gemächlich Seite für Seite eines Druckerzeugnisses zu wenden.

Modern times indes, denn plötzlich fiel ihm siedendheiß die im Flugzeug begonnene E-Mail an seinen Kamakuraner Trainingspartner Kenji Watanabe ein. Esbeck legte die Bücher und das Faltblatt beiseite, holte den Laptop aus der Reisetasche, fuhr den Rechner hoch, gab den WLAN-Code ein und überflog den besagten Text nochmals.

„Lieber Watanabe-san, sorry, dass ich mich vor meiner Abreise nicht mehr gemeldet habe. Ich bekam unvorhergesehen einen preisgünstigen Last-Minute-Flug nach Frankfurt offeriert und habe spontan zugegriffen. Unterdessen befinde ich mich bereits auf dem Weg nach Deutschland und verfüge nun endlich während dieser halben Erdumrundung über genügend Zeit, um Dir zu schreiben.

Einige Deiner Äußerungen bei unserem letzten Treffen haben mich doch sehr nachdenklich gestimmt. Falls die zwei verwackelten Bilder, die Kobayashi-san in der Galerie Yamaguchi fotografiert und uns gezeigt hat, wirklich Fotos von einem original Klüber-Stillleben waren, dann wäre die Existenz eines solchen Werks eine kleine Sensation – zumindest für die eingeschworene Klüber-Gemeinde in Deutschland. Erstens, weil man es in Japan entdeckt hat, und zweitens, weil dieses Gemälde das bislang einzige sein würde, auf dem Zitate von der keltischen Vergangenheit aus der Heimat des Künstlers zu sehen sind. Dass es sich bei den pfeilförmig arrangierten, goldfarbigen, konkaven Objekten zwischen der Obstschale und den Wassergläsern um keltische Goldmünzen namens ‚Regenbogenschüsselchen' handelt, daran zweifele ich nach meinen diversen Recherchen im Internet nicht mehr im Geringsten. Ich meine zu erinnern, mich Dir gegenüber auch schon dementsprechend geäußert zu haben. Kobayashi-san, der sich diesbezüglich unterdessen im Fuldaer Vonderau Museum kundig gemacht hat, ist auch voll und ganz meiner Meinung. Regenbogenschüsselchen, so mailte er mir neulich, sind unbeschriftete keltische Goldmünzen von circa 7,5 Gramm. Das Regenbogengeld war bis zur römischen Besatzung ein gebräuchliches Zahlungsmittel bei den mitteleuropäischen Kelten. Ursprünglich griechischen Münzen nachempfunden, begannen die einheimischen Prägestätten die hellenistischen Vorbilder bald nach Belieben abzuwandeln. Ich bin darum schon mächtig gespannt, mit welchen weiteren Erkenntnissen Kobayashi-san noch aufwarten kann, wenn ich ihn bald in Kleinsassen treffe.

Besonders Deine wiederholte Bemerkung, dass auf dem internationalen Kunstmarkt gegenwärtig nicht bloß für Werke bekannter Maler oder Bildhauer absolute Höchstpreise erzielt werden, gibt zu denken. Paul Klüber war zwar keine Berühmtheit wie August Macke oder Paul Klee, aber die Tatsache, dass eines seiner Stillleben es bis zu einem Liebhaber in die Stadt Fujisawa nach Nippon geschafft haben könnte, würde den Verkehrswert der Klüber'schen Werke mit Sicherheit beträchtlich erhöhen.

Lieber Watanabe-san, bist Du schon mit den Nachforschungen weitergekommen, wer der anonyme Leihgeber des Stilllebens in Fujisawa gewesen sein könnte? Ich denke, bei Deinen Verbindungen müsste das doch eigentlich kaum Probleme bereiten, alldieweil die Ausstellung in der Yamaguchi-Galerie keine Verkaufsausstellung, sondern eine teils aus öffentlichen Mitteln geförderte Veranstaltung war. Im Fall von ‚Gemälde aus Europas Mitte' hatte sich das ansonsten so knauserige Kulturressort von Fujisawas Verwaltung schließlich ausnahmsweise einigermaßen spendabel gezeigt."

Mit dem Absenden werde ich warten und morgen erst einmal mit Kobayashi-san reden, dachte Esbeck. Mal sehen, was er von der Hypothese hält, das Baumsegment auf dem Klüber-Stillleben könnte gegebenenfalls einer der Bäume auf der Wendebuchen-Anhöhe sein. Er starrte eine Weile auf die obere, halb beschriebene Seite im Display und klappte resolut den Laptop zu. Ganz nüchtern bin ich momentan wohl auch nicht mehr.

Es hatte gänzlich zu regnen aufgehört, nur der Wind blies noch energisch.

5. Kapitel

Am Stillen Ozean

Begonnen hatte alles vor fünf Jahren mit Klaus Esbecks Umzug nach Kamakura, der ehemaligen Hauptstadt des gleichnamigen Shôgunats. Kamakura war eine knappe Zugstunde von Tôkyô-Zentrum entfernt und lag von einem bewaldeten Hügelhalbkreis umgeben an der malerischen Sagami-Bucht. Dass Kamakura von über 200.000 Menschen bewohnt wurde, spürte man nicht. Zahllose Tempel und Schreine, eingebettet in üppiges Grün, harrten überall der Erkundung; die amerikanischen Bomberflotten hatten Kamakura – wie auch Kyôto und Nara – im Zweiten Weltkrieg verschont. Tôkyô war zweifellos eine faszinierende Metropole, nur auf Dauer dort zu leben, das empfand Esbeck als anstrengend und ermüdend. Kamakura hingegen, obwohl zu einem der touristischen Highlights in Nippon zählend, wirkte im Kontrast zu der quirligen, beständig rast- und ruhelosen japanischen Metropole geradezu wie Balsam für Leib und Seele.

Er hatte früher bereits einmal in Kamakura gelebt, und die Zeit war ihm im Großen und Ganzen in angenehmer Erinnerung geblieben. Außerdem gab es in der Stadt etliche unkonventionelle Aikidô-Gruppen mit ausgezeichneten Kampfkunstlehrern, und als er sich zu dem erneuten Umzug an die Sagami-Bucht entschloss, war er schon länger Mitglied in einem dieser „Dōjō“ genannten Trainingsstätten geworden.

Die Meinung über die Aikidô-Gruppe von Esbeck war geteilt. Einerseits praktizierte man in Kamakura unbestreitbar ein dynamisches Aikidô, wenig meditativ, eher kämpferisch, andererseits nahm man es mit der herkömmlichen Philosophie der Kampfkunst bisweilen nicht allzu genau, Hauptsache, die Handhebel wirkten und die Würfe waren effektiv. Man feierte außerdem oft und gern (und trank dementsprechend Sake). Zu viel, wie die puritanischen Kritiker fanden, für die Aikidô als Ersatzreligion diente und deren stärkstes Getränk ein doppelt gebrühter Brennnesselblütentee war. Es war Sitte, nach dem Üben den Kneipen und Restaurants der kleinen Stadt einen Besuch abzustatten.

„Wenn du nach Inamuragasaki ziehst und in Kamakura Aikidô machst, trainierst du deine Leber genauso intensiv wie deine Hüftwürfe!" hatten die Tôkyôter Freunde – korrekt – orakelt.

Durch die Vermittlung von zwei Freunden hatte er ein ansprechendes Haus mit Garten im Ortsteil Inamuragasaki gefunden und das „Apâto" im Herzen Tôkyôs nahe der Ginza aufgegeben. Einer dieser Freunde war sein Trainingspartner Kenji Watanabe, der andere hieß Shibasaburô Shigehara, kurz Shige-san, und bewirtschaftete den Coffeeshop Taro's am Sieben-Meilen-Strand, der von vielen Kamakuraner Aikidô-Treibenden regelmäßig aufgesucht wurde. Eine Stammkundin von Shige-san hatte das Haus in Inamuragasaki geerbt, besaß aber bereits ein beeindruckendes Anwesen in der Stadtmitte Kamakuras und suchte deshalb nach einem verlässlichen und solventen Mieter. Der Taro's-Wirt und Freund Watanabe konnten die Dame überzeugen, dass sie in Klaus Esbeck genau den richtigen Mann für ihr Schmuckstück gefunden hatte, denn das Inamuragasaki-Haus war in der Tat ein Juwel. Das Beeindruckende an der Immobilie war sicherlich der atemberaubende Fernblick: Schaute man nach links, nach Osten, sah man das Kap Inamuragasaki und den Anfang des Sieben-Meilen-Strands, vor dessen westlichem Ende die Insel Enoshima lag. Dahinter waren bei klarer Sicht in der Ferne der Fujisan und die Umrisse der Hakone-Berge zu erkennen.

Das kleine ebenerdige Gebäude auf dem Grundstück war eine Holzkonstruktion, keine von den vorgefertigten Leichtbetonhütten. Ein betagter Zaun aus gespaltenem, schulterhohem Bambus sicherte den Abhang zum Sieben-Meilen-Strand und zur Nationalstraße Nr. 134. Rückseitig begrenzte eine halbmondförmige, teils bemooste steile Felswand das Areal. Als man es terrassiert hatte, war ein guter Teil der Fläche aus dem Hügel herausgeschlagen und mit Gartenerde bedeckt worden. Hinter dem Haus wuchsen die verschiedensten Obstbäume, davor fand sich genug Platz für mehrere Liegestühle und Sonnenschirme. Kamakura lag auf der Höhe von Tunis. Bei Windstille war ein Sonnenbad beinahe ganzjährig möglich, im Winter überdies ohne die blutsaugende Insektenschar, die in den heißen, subtropischen Sommermonaten hier die Menschheit plagte.

Esbeck erschien die neue Bleibe nach seiner luxuriösen, indes nicht sonderlich geräumigen Tôkyôter Wohnung riesig, riesig jedoch nur für japanische Verhältnisse. Es gab neben einem Schlaf- und Gästezimmer einen separaten Arbeitsraum, wo der Computer, seine Wörterbuchsammlung und das Faxgerät ihren angemessenen Platz fanden, und endlich auch eine geräumige Küche. Die in Tôkyô hatte nur zum Sakewärmen getaugt.

*

Eine Woche nachdem in dem Inamuragasaki-Haus ein funkelnagelneuer Gasherd mit integriertem, automatischem Reiskocher angeschlossen worden war, hatte Esbeck mit Shige-san im Taro's telefoniert.

„Shige-san?“

„*Moshi, moshi! Klaus desu*. Wie schaut's aus? Hast du Lust, mich am Samstag mit Watanabe-san zu besuchen? Ich habe neulich einen hervorragenden Fleischer in Fujisawa aufgetan. Seit ich hier wohne, experimentiere ich ständig in der Küche. Was hältst du von typisch deutscher Hausmannskost?“

„Lecker, lecker! Nur weiter so! Du siehst mich am Sonnabend. Soll ich Watanabe-san Bescheid sagen?“

„Nicht nötig, das erledige ich umgehend nach diesem Anruf. Könntet ihr gegen dreizehn Uhr bei mir eintrudeln?"

„Kein Problem!" hatte der Taro's-Wirt gesagt und noch versprochen, zur Feier der Hauseinweihung einen besonders edlen Reiswein zu spendieren. „In der Shônan Zeitung war heute übrigens ein interessanter Artikel. Ich les mal vor: ‚In Inamuragasaki sind neue Grabhöhlen entdeckt worden. Leider befinden sich die meisten auf für die Öffentlichkeit unzugänglichen Privatgrundstücken. Die historischen Begräbnisstellen sind teilweise bis zu zehn Meter Tiefe in den Fels getrieben.'"

„Bei mir im Garten gibt es keine Tunneleingänge, höchstens Mauselöcher. Meinen Teil vom Hügel hat man erst beim Hausbau 1975 abgetragen, aber auf den Nachbargrundstücken soll es welche geben."

Esbeck hatte danach aufgelegt und seinen Trainingspartner Kenji Watanabe angerufen.

„Gut! Samstag bin ich dabei! Darf ich jemanden mitbringen?"

„Sicher. Wo drei Leute satt werden, reicht alles auch für vier. – Wen denn?"

„Einen ehemaligen Klassenkameraden von der Deutschen Schule Yokohama. Wir haben dort beide das Abitur gemacht. Er ist Maler und Bildhauer und wohnt ganz in deiner Nähe, ungefähr drei, vier Grundstücke weiter in Richtung Gokurakuji Station. Ich denke, ihr solltet euch unbedingt kennenlernen. Er würde sich ungeheuer freuen, wieder mit jemandem ausgiebig Deutsch zu sprechen. Was gibt's denn Schönes bei dir zu beißen?"

„Selbsteingelegten Sauerbraten, dazu handgehacktes Rotkraut und Kartoffelklöße – ebenfalls homemade."

An dem besagten Samstag waren Klaus Esbeck und Haruki Kobayashi sich also zum ersten Mal begegnet. Der Maler zählte ebenfalls zu den Stammgästen vom Taro's, man hatte sich dort bloß noch nie getroffen – was bei Esbecks regelmäßigen Besuchen in Shige-sans Sieben-Meilen-Strand-Oase eigentlich an ein Wunder grenzte.

Das Taro's bot eine angenehme Mischung aus Kaffeehaus und Kneipen-Bar, Nachbarschafts-Infobörse und verlängertem Wohnzimmer. Der Zahnarzt von nebenan hockte ebenso selbstverständlich bei einem Feierabenddrink am Tresen wie der Verkäufer aus dem Supermarkt am Inamuragasaki-Bahnhof. Das Taro's gehörte ohne Abstriche zu der Spezies von Kaffeehaus, Pub, Kiez-Kneipe oder Bistro, die die periodisch auftretenden kleinen Widrigkeiten des Lebens erträglicher machte und zu mildern verstand. Der Rund-um-Service in Shige-sans Café umfasste per se wertvolle Ratschläge und Hilfestellungen für das Anmieten einer Wohnung, nützliche Tipps beim Wählen eines kompetenten Optikers oder verlässliche Auskünfte bezüglich der letzten Enoden-Bahn nach und von Kamakura beziehungsweise Fujisawa.

Das Taro's war, darin stimmte Esbeck mit allen anderen Stammgästen überein, eine Oase, die jedweden Umweg lohnte.

Nach dem oben erwähnten Sonnabend hatten er und sein Künstlernachbar so manchen Abend dort verplaudert. Shige-san führte sogar Löwenbräu in Flaschen!

*

Während eines dieser Treffen hatte Kobayashi-san von dem beeindruckenden Stillleben in Fujisawa erzählt, allerdings ohne den Namen des Künstlers zu nennen, und auch der Minolta-Verlust in der Enoden war zur Sprache gebracht worden. Kurz zuvor hatte sich noch Kenji Watanabe zu ihnen gesellt, der aber über die abhanden gekommene Kamera bereits informiert gewesen war.

Bei welcher staatlichen Behörde Watanabe-san in Brot und Lohn stand, darüber hatte Esbeck durch gewisse Bemerkungen seines Nachbarn Hinweise erhalten, denn im Aikidô wurde einvernehmlich nie über das Privat- oder Arbeitsleben der Klubmitglieder gesprochen. Die vorrangigen Themen im Dōjō hießen: „Wie kann ich meine Handhebeltechniken wirkungsvoller gestalten?“ oder: „Reicht die Barschaft in der Vereinskasse für einen Ausflug zu den fünf Fuji-Seen?“

Kobayashi-sans Klassenkamerad aus der Deutschen Schule, soviel hatte Esbeck sich zusammengereimt, war seit dem Abschluss eines Jura-Studiums in einer wenig bekannten Abteilung des japanischen Innenministeriums beschäftigt, die eng mit der Behörde für kulturelle Angelegenheiten im Kultus- und Wissenschaftsministerium, *Mombu-Kagaku-shō*, kooperierte. Die offizielle Bezeichnung der Abteilung lautete schlicht, wenn auch nicht unbedingt allgemeinverständlich: Agentur für Zusammenarbeit. Wer mit wem weshalb kooperierte, blieb nebulös, zumal Watanabe-san selbst den alten Schulfreund darüber weitgehend im Unklaren zu lassen schien. Um reine Schreibtischtätigkeiten konnte es sich wohl kaum handeln. Esbeck hatte über die Trainingsfrequenz aller Klubangehörigen einen guten Überblick, weil ihm als Vorstandsmitglied die löbliche (und äußerst zeitaufwendige) Aufgabe angetragen worden war, die Anwesenheitslisten statistisch auszuwerten. Es gab häufig Zeiten, zu denen Watanabe-san nicht ins Aikidô kam, um dann aber, mitten im Winter etwa, braungebrannt wieder aufzutauchen.

Im Laufe jener Taro's-Unterhaltungen hatte Klaus Esbeck über seine Ermittlerrolle bei dem Brandattentat auf die Kunststation Kleinsassen Anfang der Achtziger geredet. Kobayashi-san war plötzlich wie elektrisiert gewesen: „Sagtest du eben Kleinsassen?“

„Ja. Warum?“

„Nun, der Maler Paul Klüber, dessen Stillleben in der Yamaguchi Galerie hing, stammte aus Kleinsassen.“

„Sieh mal einer an, so ein Zufall! Wie hieß der Mann? Klüber?“ Esbeck hatte den Kopf geschüttelt. „Ich war zwar in dieser Weltgegend, aber der Name Klüber ist mir dort nie zu Ohren gekommen. Die Kunststation hatte, wie ich erwähnte, eine Mondrian-Fälschung gezeigt, die vernichtet werden musste, um die Spuren eines geschickten Komplotts zu verwischen. Mit Kleinsassener Künstlergrößen konnte ich mich wegen der zeitraubenden Ermittlungen nicht befassen. Den Namen von diesem – Paul? – Klüber höre ich wirklich das erste Mal von dir hier im Taro's."

Die ganze Zeit über war Kenji Watanabe dem Gespräch der beiden aufmerksam gefolgt, ohne das Wort zu ergreifen. Plötzlich war von ihm ein nachhaltiges Räuspern zu vernehmen: „Wie, bitte schön, dürfen wir deine Bemerkung verstehen, Klübers Stillleben *hing* in der Yamaguchi Galerie? Soweit ich weiß, hat es noch keine Finissage der Ausstellung ‚Gemälde aus Europas Mitte' gegeben."

„Tja", hatte Kobayashi-san gesagt und sich an der Schläfe gekratzt. „Das Stillleben war weg, als ich es nochmals fotografieren wollte."

Kenji Watanabe hatte die Augenbrauen hochgezogen. „Warum denn das? Ich dachte, dir wären zumindest zwei Bilder geglückt. Die auf dem Film in der Hosentasche!"

„Geglückt ist wohl kaum der passende Ausdruck. Die Qualität der beiden Aufnahmen ließ doch sehr zu wünschen übrig." Daraufhin hatte Koboyashi-san zwei leicht verwackelte Fotos des Klüber-Stilllebens herumgereicht. „Als ich vorgestern den neuen Laptop im Computergeschäft abgeholt habe, habe ich auch eine neue Digitalkamera gekauft, die ich natürlich schnellstmöglich ausprobieren wollte. Aber wie gesagt, nicht mehr da, der Klüber, ausgetauscht gegen eine Landschaft von Max Liebermann."

Ohne dass die Frage nach dem Warum hatte artikuliert werden müssen, hatte Kobayashi-san ihnen intuitiv die passende Antwort gleich geliefert: „Ich habe mich natürlich bei einem der Angestellten erkundigt, wo der Klüber abgeblieben ist. Der Angestellte meinte, dass so etwas öfter geschieht, da etliche Sammler ihre Leihgaben der Galerie nur zeitlich befristet zur Verfügung stellen würden."

„Und wer war der edle Leihgeber?" hatte Esbeck wissen wollen.

„Keine Ahnung. Dieser Yamaguchi-Mitarbeiter mutierte urplötzlich zur Diskretion in Person, als ich mich nach dem Namen des Sammlers erkundigte."

Kenji Watanabe hatte nur wissend genickt. „Das überrascht keineswegs. Wenn es um Kundennamen geht, verstummen fast alle Galeristen schlagartig."

„Ist ja auch irgendwie verständlich", hatte sein alter Schulkamerad gemeint und dabei an die nimmersatten Finanzämter gedacht.

Kenji Watanabe war eine Weile in Gedanken versunken gewesen, bevor er sich schließlich an Esbeck gewandt hatte: „Damals in Kleinsassen musstest du dich wegen der Mondrian-Ermittlungen doch intensiv mit Malerei befassen, nicht wahr?"

„Notgedrungen, freilich immer bloß theoretisch. Den Pinsel selbst habe ich nie geschwungen." Esbeck hatte seinen Künstler-Nachbarn Kobayashi eindringlich gemustert. „Sag mal, mein Bester, wie sehr beschäftigt dich dieser Paul Klüber eigentlich?"

„Nun ja, er hat mich schon ungemein neugierig gemacht. So wie selten ein deutscher Maler der Neuzeit."

„Und weshalb?"

„Das mit ein paar Sätzen zu erklären würde schwierig werden."

„Versuch es!" hatte Esbeck ihn ermuntert.

Die Befürchtungen von Kobayashi-san waren absolut unbegründet und der Redeschwall kaum zu bremsen gewesen. Er hatte seine Lobeshymne mit der Feststellung beendet: „Paul Klüber ist einfach ein in der deutschen Kunstgeschichte völlig zu Unrecht stiefmütterlich behandeltes Genie! Oder lasse ich mich da emotional bedingt vielleicht zu einem irrigen Urteil hinreißen?"

„Warum solltest du?“ Watanabe-san hatte die unscharfen Stillleben-Fotos angetippt. „Immerhin bist du alles andere als ein Laie in Sachen Malerei und konntest, ganz im Gegensatz zu uns, das Original begutachten. Darf ich die Bilder und die Negative davon haben? Wir benutzen im Büro ein Bildbearbeitungsprogramm, mit dem man die Schärfe nachträglich passabel korrigieren kann.“

„So? Na, dann nimm doch einfach alles mit.“

Esbeck aber hatte seinem Nachbarn die Hand auf die Schulter gelegt und gelächelt: „Pass auf, Haruki, ich will mal sehen, ob sich in der Angelegenheit etwas machen lässt. Sofort morgen früh erkundige ich mich in Kleinsassen, ob die Kunststation noch wie früher Aufenthaltsstipendien an in- und ausländische Künstler vergibt.“

6. Kapitel

Goldfieber

Nicht bloß Artiknos hatte – nachtmahrgeplagt – schlecht geschlafen. Der Schmied Magos stand ebenfalls mürrisch auf. Die beim Sturz vom Pferd geprellte Schulter hatte ihn fast gänzlich um den Schlaf gebracht, und auch Zmertorix, der Seher, war wegen der pulsierenden Schnittwunde in seiner Handfläche kaum zur Ruhe gekommen. Nur Magos' Sohn schien nach der nächtlichen Rast wieder völlig erfrischt zu sein. Erfrischt sicherlich wohl gleichsam von dem Hochgefühl, auf bequeme Art und Weise in den Besitz immenser Reichtümer gelangt zu sein. Und davon, dass auf den Grabfrevel die Strafe der Götter folgen würde, war bislang nicht das Geringste zu spüren. Der Töpfer hatte mit seiner beständigen Schwarzmalerei genervt, und er war erst verstummt, als der Seher ihn angeherrscht hatte: „Schweig endlich, Artiknos! Überleg lieber, wo du den Beuteschädel bei dir zu Hause festnagelst! Am klügsten wählst du für die Trophäe einen Pfosten, an dem du mehrmals täglich vorbeigehen musst, damit der Kopf dich jedes Mal daran erinnert, dass die Götter alles andere als erbost über uns waren!"

In der Ferne zeigte sich zögernd die Sonnenscheibe hinter dem markanten Massiv des heimatlichen Burgbergs von Lisacc-Dûron. Der Schmiedesohn, noch verschlafen, versuchte unter Aufbietung aller Konzentration auszurechnen, wie viele Stücke an Rindern, Schafen und an Schweinen sein Anteil des Fürstenschatzes ergeben könnte, aber die Aufgabe überforderte bald die Rechenkünste des jungen Mannes. Eines jedenfalls war klar: Es würden riesige Viehherden sein. Wohlig schloss er erneut die Augen. Rassige Pferde, nicht so lahme Gäule wie die, auf denen sie jetzt unterwegs waren, nein, Rosse, würdig, einen Fürsten zu tragen, würde er sein Eigen nennen ...

„Los, hilf mir mal!“ riss Magos ihn aus den angenehmen Überlegungen. Fluchend ließ der Schmied einen schweren Leinensack scheppernd zu Boden gleiten und rieb sich die schmerzende Schulter.

Ah, dieser Wohlklang! dachte der junge Mann, als er kurz darauf dem Vater zur Hand ging, das Tragegestell einer stämmigen Stute zu beladen, wobei der Inhalt zweier Leinensäcke nochmals metallisch klirrte. Das werden die bronzenen Trinkkannen sein! Er bedauerte nur, dass der Wein in dem gigantischen Tonkrug bis auf einen sirupartigen, nach Essig riechenden Bodensatz verdunstet gewesen war. Bestimmt hatte man das mannshohe Gefäß in der Fürstengruft mit allerbestem Südwein gefüllt, süß und stark, ein edler Trank, einem Herrscher würdig. Wie viele junge, hübsche Sklavinnen mussten für derart viel Wein eingetauscht werden, wo doch bereits eine einzige genügte, um eine allenfalls an die Kniekehlen reichende Amphore zu bezahlen? Drei? Vier? Wieder versagten die Rechenkünste des Schmiedesohns.

Als er sein Reitpferd holen wollte, hielt der Seher ihn an. „Warte, wir teilen jetzt erst das Gold auf!“

„Richtig, so war es besprochen!“

Gold, besonders viel, viel Gold erregte immer Neider, deshalb hatte Zmertorix klugerweise vorgeschlagen, Ringe, Armreifen und sonstige Gegenstände aus dem edlen Metall in Lisacc-Dûron nicht zur Schau zu stellen und noch vor Erreichen der Festung außerhalb der Wälle zu verstecken, jeder seinen Anteil für sich und an einem nur ihm bekannten Ort.

Mithilfe einer improvisierten Waage – und gelegentlich lautstark miteinander streitend – ordneten die vier Männer die Schätze zu fünf gleich schweren Haufen. Der fünfte davon gebührte Zmertorix zusätzlich als Anführer und Initiator der Grabplünderung.

Der Seher setzte sich mit dem Töpfer an die Spitze der Raubkarawane. Es folgten der Schmied und am Ende, quasi als Nachhut, dessen Sohn, der so erneut in wohlige Wachträume eintauchen konnte. Weil alle Männer neben ihrem mit Kostbarkeiten beladenen Reittier ein schwer bepacktes Lastpferd führten, gestaltete sich das Vorankommen streckenweise mühsam, da das Gelände unablässig bergiger wurde, je näher der vertraute Burgberg rückte.

Nicht bloß der Schmiedesohn, auch der Töpfer hing seinen Gedanken nach, während die Sonne gen Zenit kletterte. Plötzlich musste er grinsen. Der zusätzliche Reichtum, den der Inhalt des Lederbeutels darstellte, würde späterhin garantiert niemandem auffallen.

Auch Artiknos' anschließende Berechnungen, wie oft ein Töpfer die Drehscheibe in Bewegung zu setzen oder wie viele Schüsseln, Trinkbecher und Vorratstöpfe er zu brennen hatte, damit alleinig der Gegenwert der Münzen in seinem Beutelchen erwirtschaftet werden konnte, waren nicht von Erfolg gekrönt.

Den Seher beschäftigten andere Probleme. Es waren Schwierigkeiten, die keineswegs auf sein Gemüt drückten, die er aber mit großer Besonnenheit aus dem Weg zu schaffen hatte. Der Extraanteil an der Beute, der ihm als Anstifter und Anführer zustand, war deshalb höchst willkommen, denn während die Schmiede und der Töpfer von materiellem Luxus träumten, verfolgte Zmertorix einen ehrgeizigen Plan, einen der Unsummen erforderte: Zur Wintersonnenwende würde die Stammesführerwahl stattfinden. Jeder Krieger in Lisacc-Dûron, der Stein-Festung, besaß eine Stimme, und Klientenstimmen konnte man kaufen wie Schaf- und Rinderherden.

Zmertorix verzehrte sich nicht übermäßig nach blitzendem Geschmeide, edlen Metallen, Ketten aus poliertem Bernstein oder nach kostbaren, gläsernen Armreifen.

Zmertorix gierte nach Macht.

7. Kapitel

Keltenkunde im Café

„Nein, selbstverständlich hat Hasso nur eine Portion bekommen, Herr Fladung ... Ja, es war der gekochte Pansen ... Doch, diese und nächste Woche möchte ich ihn bestimmt auch noch hier behalten."

Klaus Esbeck steckte das Handy weg, fuhr das Auto vom Grundstück, schloss das Zauntor und fuhr los. Das Navi ließ er ausgeschaltet. Sein Aufenthalt lag zwar Jahrzehnte zurück, aber innerhalb von Kleinsassen die Kunststation zu verfehlen war im Prinzip unmöglich.

Während der Setter Haus und Hof bewachte, nicht heroisch von einer ungemütlichen Schlammpfütze aus, sondern sich kommod auf dem trockenen, dicken Fußabtreter unter dem Vordach der Bungalowtür ausstreckend, stellte Esbeck den Leihwagen auf dem Parkplatz der Kunststation ab. Er hätte die relativ kurze Strecke von seinem Feriendomizil normalerweise zu Fuß zurückgelegt, ohne hohe Gummistiefel wäre jedoch der Weg garantiert eine ziemlich feuchte Angelegenheit geworden. Obgleich es nicht mehr regnete, fluteten weiterhin Wassermassen wie nach einer heftigen Schneeschmelze die Straßen und Gassen.

Ein Dutzend Fotos im Internet hatte Esbeck auf die umgebaute und erweiterte Kunststation vorbereitet. Ein neuer Entreebereich mit einer beeindruckenden Glasfront beherbergte im ersten Stockwerk außer dem Tresen, wo man Billets für die Ausstellungshallen erwerben konnte, einen Museumsshop und ein sachlich und stimmig eingerichtetes Besuchercafé. Die gläserne Fensterfront gewährte eine malerische Aussicht auf die St. Laurentius Kirche, den Friedhof und über Teile des Dorfzentrums.

Eine breite Holztreppe führte vom Erd- ins Obergeschoss. Als Esbeck deren letzte Stufe erreicht hatte, schaute Anton Rundvoigt auf die Uhr. Es war genau zwölf. „Alle Achtung, Herr Kobayashi. Pünktlich auf die Minute, Ihr Nachbar!" Er schob seine Kaffeetasse weg, erhob sich und eilte Esbeck entgegen.

Der Japaner stand ebenfalls auf, blieb aber am Tisch.

Klaus Esbeck und Anton Rundvoigt musterten sich einen Moment, dann drückten sie sich lange die Hände.

„Gratuliere, Herr Esbeck. Sie sehen aus wie früher. Unverändert!"

„Sehr schmeichelhaft, Direktor Rundvoigt!" Esbeck verneigte sich andeutungsweise. „Da ich täglich beim Rasieren mit meinem Konterfei konfrontiert werde, weiß ich Ihr Kompliment entsprechend zu würdigen. Und gebe es flugs zurück."

„Nun ja", räumte Anton Rundvoigt ein, „die eine oder andere Furche mag der Zahn der Zeit schon gegraben haben, und ein bisschen von der Jugendfrische ist vielleicht auch dahin. Der Titel Direktor ist mir indes mit der Pensionierung abhanden gekommen. Vor Ihnen steht der Geschäftsführende Leiter der Kunststation Kleinsassen e. V."

„Ich habe die Neuigkeit bereits von Herrn Fladung erfahren. Aber mit Verlaub, Geschäftsführender Leiter ist mir zu sperrig! Ich belasse es meinerseits beim Direktor, falls das kein Affront ist."

„Bitte, ganz wie Sie wünschen."

„Immerhin gehören wir im Ruhestand dem gleichen Klub an."

Der Direktor runzelte die Stirn.

„Dem hehren Klub derjenigen, die durch ein Ehrenamt zum Wohle der Allgemeinheit wirken, beziehungsweise, wie in Ihrem Fall, die öffentlichen Kassen entlasten helfen."

Direktor-Geschäftsführer Rundvoigt grinste. „Sie haben offenbar mit Herrn Fladung ausgiebiger geplaudert. Wo und wie engagieren Sie sich denn?"

Esbeck nahm gespielt soldatische Haltung an und schlug sogar geräuschvoll die Hacken zusammen. „Gestatten? Aikidô e. V. Kamakura, Vorstandsangehöriger Klaus Esbeck, Vergütungspauschale von circa hundert Euro pro Kalenderjahr kann steuerlich abgesetzt werden, verantwortlich für die monatlich zu erstellende Anwesenheitsstatistik der aktiven Mitglieder."

„Na bitte, wenn das mal keine nützliche Tätigkeit ist!" Anton Rundvoigt ergriff Esbecks Oberarm und lenkte ihn sanft in den Café-Bereich des Obergeschosses. „Jetzt sollten wir jedoch Herrn Kobayashi nicht unnötig warten lassen. Er brennt schon darauf, mit Ihnen zu reden."

Was folgte, war eine gut gemeinte, aber schlecht koordinierte japanisch-deutsche Good-will-Aktion, eine Neuillustration von „East meats West" oder von „Never the twain shall meet" aus dem Jahre 2014: Klaus Esbeck verbeugte sich, während der Japaner ihm die Hand entgegenstreckte.

Von Kobayashi-san waren mehr als die Landesgepflogenheiten einer teutonischen Begrüßung verinnerlicht worden. Laut Direktor Rundvoigt hatte er sich auch hervorragend in Kleinsassen eingelebt und mit jedem im Dorf ein paar Worte gewechselt, mit Herrn Fladung, allen Nachbarn links und rechts sowieso, den Herrn Pfarrer eingeschlossen. Kobayashi-san war schließlich nicht „Lost in Translation". Und für die Wochen, die da kommen würden, hatte er wahrhaftig Großes geplant.

Als Esbeck Platz genommen hatte, konnte man seinen Kamakuraner Freund nicht mehr bremsen: „Die Regenbogenschüsselchen auf dem Klüber-Stillleben", sprudelte es aus ihm heraus, „haben mich auf eine famose Idee gebracht. Die keltische Festung auf der Milseburg, sozusagen auf dem Kleinsassener Hausberg, schreit doch geradezu nach einem Kunstevent, das die Kelten thematisiert! Nicht dass ich selbst irgendwo am Ende des Regenbogens Goldmünzen gefunden hätte. Aber für Archäologen muss dieser wochenlange, intensive Dauerregen einfach ideal sein. Überall ist immens viel Bodenoberfläche weggeschwemmt worden. Ein Fachmann kann an solchen Stellen bestimmt wie in einem Buch lesen."

Esbeck lauschte geduldig, bis der euphorische und damit im Prinzip sehr unjapanische Wortschwall von Kobayashi-san verebbt war, bevor er schmunzelnd erwiderte: „Hört, hört! Der spirit of place hat dich also voll ergriffen – und ganz nebenbei dein Vokabular evident um Begriffe wie Hausberg oder Refugium erweitert. Bravo, weiter so!"

Direktor Rundvoigt zwinkerte Esbeck zu. „Na, habe ich Ihnen zu viel versprochen? Herr Kobayashi sprüht vor Energie und beabsichtigt, rund um die Milseburg diverse keltisch inspirierte Kult- und Alltagsgegenstände zu installieren. Die Werke sollen Anfang Mai gezeigt werden, denn das ist der Monat, in dem für die alten Kelten die Sommerzeit begann. Ihr japanischer Freund zeichnet bereits von früh bis spät unermüdlich Muster von latènezeitlichen Halsringen, Waffen und wildschweinköpfigen Carnyx-Trompeten, sprich: Musikinstrumenten der damaligen psychologischen Kriegsführung, die er dann aus Blech, Gips oder Ton fertigen will."

„Einen Arbeitstitel für das Projekt kann ich dir auch schon verraten", verkündete Kobayashi-san stolz. „Ich denke, das Schlagwort ‚Erdgeboren', wäre überaus stimmig, weil ich die Objekte teilweise zu vergraben gedenke."

„Uff!" entfuhr es Esbeck. „Und was hält die zuständige Naturschutzbehörde von dem Buddelei-Vorhaben?"

„Diese Frage habe ich auch gestellt", schaltete sich Direktor Rundvoigt ein. „Da Herr Kobayashi aber vorhat, das Erdreich lediglich dicht an der Oberfläche zu entfernen und nur zehn bis maximal zwanzig Zentimeter in die Tiefe zu gehen, sehe ich keine Probleme für die erforderlichen Genehmigungen. Wie wirbt doch unsere rührige Arbeitsgemeinschaft Touristik immer? ‚Lieber Rhön-Gast, lassen Sie sich überraschen, was Ihnen Natur und Kultur im Land der weiten Fernen allerorts bieten!'"

Klaus Esbeck war beeindruckt. „Na dann hurtig ran ans künstlerische Schaffen! Ich bin am Stellbergweg übrigens mit verschiedenen Büchern zum Thema Milseburg und Kelten in der Rhön ausreichend eingedeckt und werde demnächst bestimmt in dieser Runde kundig über latènezeitliche Artefakten wie Carnyx-Trompeten fachsimpeln können."

Anton Rundvoigt machte sich bei der Serviererin hinter der Kuchentheke durch ein Handzeichen bemerkbar, deutete auf den neu eingetroffenen Gast und dann auf seine eigene Tasse in der Tischmitte. Die junge Frau nickte. Als sie Esbeck ebenfalls mit einem Kaffee versorgt hatte, wandte der sich an Kobayashi-san: „Sag mal, mein Bester, Klübers Regenbogenschüsselchen waren die Initialzündung für das Kelten-Projekt, soviel habe ich begriffen. Aber wie ist es ansonsten um deine Paul-Klüber-Studien bestellt, sind die in der Warteschleife gelandet?"

„Vorerst schon." Der Japaner schürzte die Lippen. „Die betreffenden Recherchen habe ich auf die Zeit nach ‚Erdgeboren' verschoben. Momentan nimmt das Kelten-Projekt einfach Platz eins auf meiner Prioritätenliste ein."

„Großer Gott! Hausberg, Refugium und nun das: Prioritätenliste!" Esbeck schlug theatralisch die Hände über dem Kopf zusammen. „Falls die keltischen Erd-Installationen floppen sollten, könntest du daheim bestimmt eine grandiose Karriere als Deutsch-Dozent starten. Dein altes Gymnasium in Yokohama würde dich sicherlich mit Kusshand nehmen."

Kobayashi-san runzelte irritiert die Stirn. „Ich gehe nicht davon aus, dass mir das Projekt ‚Erdgeboren' misslingt ..."

Und wieder einmal fand Esbeck bestätigt, dass es Japanern trotz exzellenter Fremdsprachenkenntnisse oft kaum möglich war, eine gewisse Art von mitteleuropäischem Humor zu verstehen. Aber dann relativierte er den Gedanken und erinnerte sich, dass Engländer oder Franzosen auch nicht unbedingt jedes

Mal über einen deutschen Witz lachen konnten. „Natürlich scheiterst du nicht! Das war doch lediglich ein kleiner Scherz, mein Bester!"

Wieder beruhigt, verschwanden die Falten auf Kobayashi-sans Stirn. „Dann würde ich dir jetzt das Atelier und meine Stipendiaten-Wohnung zeigen."

Nach einem erneuten Blick auf seine Armbanduhr bat der Direktor jedoch: „Wäre es möglich, damit noch zu warten, bis wir mit Frau Kundzienna gesprochen haben? Sie müsste jeden Moment eintreffen."

„Oh, selbstverständlich! Pardon, die Verabredung hatte ich in der Aufregung völlig vergessen. Frau Kundzienna", klärte Kobayashi-san Esbeck auf, „ist Journalistin und kommt, um Direktor Rundvoigt und mich wegen des Kelten-Projekts zu interviewen."

„Nur zu! Ich schaue mir derweil die laufende Ausstellung an. Ich habe bei meiner Ankunft leider nicht darauf geachtet, was momentan gezeigt wird."

„Bis übermorgen noch ‚Momente des Arabischen Frühlings', Fotos von Abdul Doukkheli aus Tunesien", sagte Anton Rundvoigt. „Dann folgt für zwei Monate eine Werkschau von Tove Furu aus Oslo – überwiegend monochrome Holzschnitte –, bevor wir Herrn Kobayashis Arbeiten ab dem 1. Mai der Öffentlichkeit präsentieren. Aber fühlen Sie sich nicht genötigt, uns jetzt zu verlassen. Frau Kundzienna berichtet seit längerem über fast alle Aktivitäten der Kunststation. Wohlwollend, wie ich betonen möchte! Ich bin mir sicher, dass sie sich gerne ein wenig mit Ihnen über Ihre Rolle damals bei der Aufklärung des Brandanschlags unterhalten würde."

„Herr im Himmel! Das ist doch eine Ewigkeit her und wahrhaftig abgestandener Kaffe für die Presse", protestierte Esbeck. „Quasi Eiskaffee!"

„Wer weiß? Fragen wir die Dame doch einfach selbst, denn da ist sie schon!" Direktor Rundvoigt stand auf.

Es gibt Menschen, egal welchen Geschlechts, die magisch die Blicke der Umwelt auf sich lenken. Marietta Kundzienna war weder eine plakative Schönheit noch jemand, der durch auffälliges Make-up oder extravagante Kleidung beeindruckte. Sie trug eine der Witterung angemessene wattierte, blaue Regenjacke, grüne Breitcordhosen und knöchelhohe Wanderstiefel, dennoch empfanden die Gästen im Café ihren Auftritt als eine der raren Sternstunden des Lebens. Auch Esbeck war sich augenblicklich der raumgreifenden Präsenz bewusst, die die Journalistin verbreitete. Aura, dachte er und erhob sich zur Begrüßung.

Kobayashi-san, der gerade noch aufgekratzt das Kelten-Projekt erläutert hatte, war völlig verwirrt von Frau Kundziennas Ausstrahlung und dachte – nichts. Dafür verwandelte er sich binnen Sekundenfrist wieder hundert Prozent in einen Sohn aus dem Reich der aufgehenden Sonne, warf beim Aufstehen beinahe den Stuhl um und verneigte sich annähernd rechtwinklig vor der Frau.

Anton Rundvoigt, mit Marietta Kundziennas Wirkung auf ihre Mitmenschen vertraut, schmunzelte nur. „Nett, Sie wieder hier in der Kunststation willkommen heißen zu dürfen!"

„Pardon, ich bin wahrscheinlich viel zu spät dran", entschuldigte sie sich.

„Keineswegs!" Der Direktor zeigte auf das Ziffernblatt seiner Armbanduhr. „Wir haben gerade erst zehn nach."

„Das beruhigt mich!" Sie seufzte. „Vor Schackau war auf der Biebersteiner Straße einfach kein Durchkommen mehr. Vollsperrung der L3330 wegen Erdrutschs. Ich bin über Fohlenweide hergefahren. "

„Mir erging es heute früh genauso", sagte Anton Rundvoigt. „Die Bieber ist kaum wiederzuerkennen. Da murmelt kein Bächlein, da bahnt sich überall ein reißender Strom den Weg – selbst hier am Oberlauf in Kleinsassen!"

„Nicht nur das! Beinahe wäre ich zu allem Überfluss auch noch in einen Unfall verwickelt worden. Einer von diesen SUVs hat mich mit einem Affenzahn überholt, voll geschnitten, ist danach ins Schleudern geraten und hat sich vor mir quergestellt. Die Kiste war über und über mit Schlamm bespritzt. Scheint ein Firmenwagen gewesen zu sein, ein Teil eines Schriftzugs war leidlich lesbar: Geodata oder Geodate, oder so. Selbst das Nummernschild verschmiert. Ich konnte nur eine Drei erkennen!"

„Womöglich Aquaplanig?" fragte Anton Rundvoigt, der sich daran erinnerte, wie er am Morgen selbst mehrmals leicht ins Rutschen gekommen war. „Oder schlechte Reifen?"

„Keine Ahnung. Wo kam der Wagen überhaupt her? Als ich an der Straßensperrung wenden musste, war da kein anderes Auto außer meinem."

„Als Ortskundiger kann man die Sperrung leicht umfahren, gesetzt den Fall, man besitzt ein geländegängiges Fahrzeug."

Die Journalistin atmete tief durch. „So ein Verkehrsrowdy jedenfalls. – Na, egal! Ich bin bei diesem Wetter relativ langsam unterwegs gewesen, sonst hätte es kräftig gescheppert. Glauben Sie, der Kerl wäre daraufhin ausgestiegen, um sich zu entschuldigen?"

„Vermutlich nein. Aber was lernen wir daraus? Umsicht zahlt sich meisten doch aus", räsonierte der Direktor und stellte seine beiden Tischnachbarn vor. „Herr Esbeck ist, wie soll ich mich ausdrücken, ein alter Freund der Kunststation, und Herr Kobayashi ist unser derzeitiger Stipendiat, über den ich am Telefon sprach. Die beiden Herren wohnen übrigens in Japan und sind, falls ich das richtig verstanden habe, dort in Kamakura mehr oder weniger Nachbarn."

„Oh", sagte Marietta Kundzienna, „wie darf ich denn dieses Geflecht von Koinzidenzen deuten?"

Chapeau, Madame! dachte Esbeck.

Was Kobayashi-san dachte, blieb ein Geheimnis. Er hatte immerhin die Contenance zurückgewonnen und benahm sich in Gegenwart der Journalistin wieder normal.

Marietta Kundzienna gab allen die Hand, nahm Platz und wandte sich als Erstes an den Japaner. „Wie ich von Herrn Rundvoigt hörte, möchten Sie uns im Frühjahr mit Aspekten unserer keltischen Vergangenheit konfrontieren."

Der Rücken straffte sich, Kobayashi-san saß geradezu stramm, als er antwortete: „Das ist richtig."

Die Erwähnung des Schlüsselworts keltisch brachte den Redeschwall wieder auf Touren, vergessen war die kurzzeitige Verwirrung beim Auftauchen der Journalistin. Als er den Monolog beendete, waren die Zuhörer nicht bloß über das Aussehen der keltischen Kriegstrompeten im Bilde, sondern wussten ebenfalls, wie die Instrumente klangen, weil Kobayashi-san eine Hörprobe auf seinem iPhone gespeichert hatte. Eine Carnyx, lernte Klaus Esbeck, erzeugte Töne, die das Trommelfell gefährdeten: von grell-schrill pfeifend bis knarrend-dröhnend röhrend, und vor allen Dingen ohrenbetäubend laut. Kein Wunder, dass die Römer panisch vor dieser Geräuschkulisse das Weite gesucht hatten! Als Hintergrundklänge für ein romantisches Dinner à deux oder als Gute-Nacht-Ständchen war eine Carnyx-Sinfonie so wenig zu empfehlen wie klassische, höfische Gagaku-Zeremonialmusik oder ein tibetanisches Kloster-Tschörten-Konzert. Liebhaber der beiden letztgenannten Klangwelten würden indes den keltischen Lärmterror wohl durchaus als melodisch bezeichnen.

Zum Glück beließ Kobayashi-san es bei einem kurzen Trompeten-Duett.

„Beeindruckend!" meinte die Journalistin diplomatisch.

„Das freut mich. Ich könnte mir solche Musik als exzellente akustische Ergänzung von Erdgeboren vorstellen", sagte der Japaner.

Marietta Kundzienna nickte. „Warum eigentlich nicht." Sie sah Esbeck prüfend an, schien seine Bedenken gespürt zu haben. „Und was halten Sie von den Plänen Ihres Nachbarn, Herr ...?"

„Esbeck", kam er zu Hilfe. „Klaus Esbeck."

„Danke!" Die Journalistin bedeutete ihm mit einem bezaubernden Lächeln weiterzusprechen.

„Die Pläne mit den halbvergrabenen Gegenständen sind gut, aber die Carnyx-Musik ist leider unerträglich."

„So? Wenn Sie derart herb urteilen, dann sind Sie garantiert kein Kunstschaffender wie Herr Kobayashi."

„Nein, zumindest kein aktiver. Aber an Kunst bin ich schon interessiert."

„Außer an keltischen Musikarrangements."

„Ich fürchte, ja."

„Nun denn, bleiben wir einfach optimistisch, was die Toleranzgrenze des Publikums im Mai betrifft!"

„Da mache ich mir überhaupt keine Sorgen. Unsere Ausstellungsbesucher sind für Experimente und Aktionen jedweder Art sehr offen", mischte Direktor Rundvoigt sich in das Gespräch ein. „Wir hatten einmal einen kahlköpfigen Professor von der Kyôto Universität zu Gast, dem man die Glatze mit einem hautfreundlichen Filzstift beschreiben durfte. Die Performance diente natürlich dem edlen Zweck des Weltfriedens und der Völkerverständigung."

Kobayashi-san, dachte Esbeck amüsiert, ist hier offenbar ideal aufgehoben.

Marietta Kundziennas Wissensdurst war jedoch noch nicht gestillt. „Gehe ich recht in der Annahme, dass Sie überwiegend aus Urlaubsgründen in der Rhön sind?"

„Nur teilweise – obgleich die Rhön an sich natürlich eine Reise wert ist." Esbeck deutete auf den japanischen Freund. „Erstens hat er mich mit seiner Begeisterung für einen hiesigen Maler angesteckt, zweitens bin ich selbstverständlich neugierig, was er als Kleinsassen-Stipendiat so auf die Beine stellt, und drittens existieren nostalgische Gründe für meinen Besuch."

„Nostalgische Gründe? Stammen Sie etwa aus der hiesigen Gegend?"

Anton Rundvoigt beantwortete ihre Frage: „Nein. Herr Esbeck war einmal behilflich, einen Brandanschlag auf die Kunststation aufzuklären."

„Wirklich? Das muss aber passiert sein, lange bevor ich nach Fulda gezogen bin, sonst wüsste ich davon."

Daraufhin gab der Direktor eine kurze Zusammenfassung der Ereignisse vor dreißig Jahren.

„Interessant!" schlussfolgerte die Journalistin nach dem Bericht. „Sie, Herr Esbeck, haben also keinen Urlaub, sondern diverse Zeitreisen geplant!"

„Zeitreisen? Wie darf ich das verstehen?"

„Nun, ich zähle einfach eins und eins zusammen und mutmaße, dass Sie die Stätten Ihres früheren Wirkens wiedersehen möchten, dass Sie sich ferner mit Paul Klübers Vergangenheit befassen und überdies die keltische Welt erkunden wollen."

„Ihre Vermutung stimmt bloß bedingt", widersprach Esbeck. „Was meine alten Pfade und was den Maler Paul Klüber anbelangt, gebe ich Ihnen vollkommen Recht. Ob ich indes gewillt bin, nach dieser sehr gewöhnungsbedürftigen Tröten-Hörprobe weiterhin in die Kultur der Kelten einzutauchen, bleibt abzuwarten."

„Vielleicht ein hilfreicher Tipp, Herr Esbeck", sagte die Journalistin. „Ich sollte einmal einen Artikel über moderne, türkische Schlager schreiben und hatte anfangs überhaupt keine Beziehung zu einer solchen Art von Musik. Aber je intensiver ich mich damit beschäftigen musste, desto besser gefielen mir manche der Stücke. Ich höre heute noch beim Autofahren gelegentlich Türkpop."

„Bewundernswert, Ihre Ausdauer! Ich habe von Türkpop zwar keine Ahnung, nehme aber an, dass die Trommelfelle dabei nicht foltermäßig strapaziert werden. Ich bezweifele somit stark, ob Ihre Methode tatsächlich geeignet ist, mein Urteil über das Carnyx-Getöse zu korrigieren."

Während Marietta Kundzienna Kobayashi-san über Gott und die Welt befragte und sich eifrig Notizen machte, führte der Direktor Esbeck durch die Ausstellungsräume.

Abdul Muhammed Doukkhelis großformatige Fotos vom Arabischen Frühling zeigten euphorische Demonstranten, glücklich, das verhasste Regime hinweggefegt zu haben. Sie dokumentierten aber auch Menschen, denen die Sorge um die Zukunft ins Gesicht geschrieben stand. Es waren prophetische Aufnahmen, denn die politische Situation in Tunesien hatte sich alles andere als befriedigend entwickelt.

„Übermorgen ab 16 Uhr ist Finissage", erklärte Anton Rundvoigt. „Mehrere Landtagsabgeordnete haben wegen der immer noch aktuellen Implikationen der Fotos bereits fest zugesagt, und selbst der hessische Kultusminister will uns mit seinem Staatssekretär für eine Stunde beehren. Zwei von den Parlamentariern haben Frau Kundzienna bereits signalisiert, dass sie für ein Interview zu Verfügung stehen würden. Falls Sie auch Zeit hätten, an dem Nachmittag ...?"

„Ich bin dabei", versprach Esbeck.

In einer Acrylglasbox steckte ein Stapel Flyer, die die nächste Ausstellung bewarben: Holzschnitte aus Oslo. Klaus Esbeck entnahm ein Blatt und nickte anerkennend. „Stipendiaten aus Japan, Fotografen aus dem Maghreb und skandinavische Künstlerinnen! Wie, bitte schön, finanziert die Kunststation das alles seit nunmehr drei Jahrzehnten?"

„Eine gute Frage!" Der Direktor kratzte sich an der Stirn. „Tja, wie eigentlich ...?"

„Ich meine, beständig ein hohes Niveau zu halten, hat doch bestimmt seinen Preis."

„In der Tat. Aber unsere Einnahmen sind stabil. Tendenz steigend."

„Wegen des Cafés und der Eintrittsgelder?“

„Das auch, aber am einträglichsten ist vermutlich unsere Artothek mit Originalwerken von bekannten Künstlern. Die Regelausleihzeit für ein Kunstwerk beträgt ein Jahr. Wer es dann behalten möchte, kann es kaufen, die Leihgebühr wird in diesem Fall angerechnet. Das spült kontinuierlich eine erfreuliche Menge Geld in die Kassen.“

„Moment!“ Esbeck stutzte. „Heißt das, ich könnte mir in der Kunststation einen echten Paul Klüber ausleihen und anschließend das Bild erwerben?“

„Sicher! So wir denn in der Artothek momentan einen hätten. Ich meine mich aber zu erinnern, dass wir einmal eines seiner Landschaftsbilder veräußern konnten, nur liegt das Jahre zurück.“

„Schade. Sonst hätte ich mir gerne ein weiteres Gemälde von ihm ins Zimmer gehängt.“

„Noch eins?“ fragte Anton Rundvoigt.

Daraufhin erzählte Esbeck von Paul Klübers Wendebuchen-Impression im Fladung'schen Ferienhaus.

„Ah, das Bild kenne ich“, sagte der Direktor. „Sind Sie am Stellbergweg untergekommen? Die Wendebuchen-Landschaft hängt, meine ich, im Kaminzimmer und ist eines seiner späten Werke.“

„Ja, ein Bild aus dem Frühjahr 1944.“

„Dann haben Sie intuitiv gut gewählt, Herr Esbeck. Das Haus, in dem Paul Klüber geboren wurde und in dem er die meiste Zeit seines Lebens gewohnt hat, befindet sich auf dem Grundstück vis-à-vis von Ihrem Feriendomizil. Ihr Wendebuchen-Ölbild und auch das Stillleben in Japan, von dem Herr Kobayashi mir berichtet hat, entstanden aber vermutlich nicht am Stellbergweg respektive in der parallel dazu verlaufenden heutigen Paul-Klüber-Straße, die übrigens früher Krautgasse hieß. In den Kriegsjahren besaß Klüber nämlich einen Atelierraum in einem anderen Haus im Dorf und hat in der Krautgasse nur noch geschlafen."

„Das sind interessante Infos", sagte Esbeck. Es war verständlich, dass sein Nachbar dem Direktor gegenüber das Stillleben in der Yamaguchi Galerie erwähnt hatte, schließlich war das Gemälde der Auslöser für die Stipendienbewerbung gewesen. Aber im Dorf eine temporäre Bleibe ausgerechnet gegenüber vom Elternhaus des berühmten Rhön-Malers gefunden zu haben, bedeutete schon eine beachtliche Koinzidenz. Oder vielleicht auch nicht. In Kleinsassen, nomen est omen, dürfte man über kurz über lang überall auf Paul Klübers Spuren stoßen.

Der Direktor blieb beim Verlassen der Fotoausstellung vor dem Portrait eines Tunesiers stehen, dessen Augen anscheinend unfokussiert in die Weite schauten. Ein wenig ähnelte Anton Rundvoigt dem Mann auf dem Foto, als er sagte: „Wissen Sie, was mich an dem Stillleben in Japan aufmerken lässt, von dem mir Herr Kobayashi berichtet hat?"

„Dass es in einer Ausstellung *in Japan* zu sehen war?"

„Nein, diese Tatsache allein wäre keine Sensation. 1984 hatten wir in der Kunststation eine große Klüber-Retrospektive veranstaltet, wo annähernd 350 Gemälde – größtenteils aus Sammlerbesitz – gezeigt wurden. Ich schätze, wir konnten damals nur zirka die Hälfte aller seiner Werke ausstellen. Was mit dem Rest passiert oder wo der abgeblieben ist, kann niemand sagen. In Norwegen und Schweden sollen neulich gerade auch welche gesichtet worden sein. Wissen Sie, wer der Leihgeber des Bildes in Fujisawa war? Ein Museum?"

„Vermutlich nicht. Eher eine Privatperson." Klaus Esbeck erzählte von Kobayashi-sans zweitem Besuch in der Yamaguchi Galerie und von den rigorosen Praktiken japanischer Finanzämter.

Der Direktor murmelte etwas davon, dass der deutsche Fiskus ähnlich penetrant sein konnte, dann machte er eine kurze Pause, bevor er weiterredete: „Ein Paul-Klüber-Bild in Japan ist zwar eine gewisse Sensation, aber ich weiß durchaus von Werken weiterer Rhön-Maler, die es verbürgt bis in den Fernen Osten geschafft haben."

„Wer zum Beispiel?"

„Zum Beispiel Hanny Franke. Seine Gemälde befinden sich in Museen und privaten Sammlungen von Tôkyô, Nagasaki, aber auch weltweit anderswo, etwa in London, Paris, New York ..."

„Dann denken Sie womöglich, das Stillleben in Fujisawa wäre eine Fälschung gewesen?" fragte Esbeck.

Anton Rundvoigt schüttelte entschieden den Kopf. „Klüber ist bei einigen Sammlern begehrt, aber kaum so, dass es sich schon lohnen würde, ihn zu fälschen. Außerdem war er, wie erwähnt, ein sehr fleißiger Arbeiter. Man kann bestimmt immer noch eines seiner Werke erwerben, ohne sich finanziell zu ruinieren. Nein, mich irritiert die Datumsangabe auf dem Bild: ‚10 44'."

„Und wieso?"

„Nun, ab Oktober 1944 war Klüber nachweislich Soldat und irgendwo in den Karpaten oder in Südpolen. Er hat die Rhön nie wiedergesehen. Sein letztes Lebenszeichen war ein Feldpostbrief vom Februar 1945. Das alles können Sie übrigens nachlesen in ‚Künstlerleben – Lebenskünstler', einem sehr informativen Buch über das Malerdorf Kleinsassen, zumal von einem einheimischen Autor verfasst, der Paul Klüber noch persönlich gekannt hatte."

„Von einem gewissen Herrn Birkenbach?"

„Ja, so heißt der Autor."

„Das Buch habe ich mir schon zum Stellbergweg schicken lassen", sagte Esbeck.

„Und noch etwas", ergänzte der Direktor. „Viele Klüber-Werke lassen sich zeitlich bloß annähernd einordnen. Er hat seine Bilder zwar überwiegend signiert – hin und wieder auch mit Hinweis auf Frühling, Sommer, Herbst beziehungsweise Winter –, hat sie aber nur sporadisch mit einer anderen Zeitangabe versehen. Falls doch, niemals mit der Nennung des Monats, sondern lediglich mit der Jahreszahl, und diese dann sowohl in Kurznotierung 44, wie auf dem Stillleben, als auch voll ausgeschrieben 1944." Anton Rundvoigt schürzte die Lippen. „Irgendetwas macht mich sehr, sehr nachdenklich."

Esbeck nickte. „Nun, das Monatsdatum ist ja in der Tat äußerst ominös."

„Wohl wahr! Aber weitaus mehr lässt mich stutzen, dass Klübers letztes Werk doch wieder ein Stillleben gewesen sein könnte."

„Wieso das?"

„Weil von ihm in den Kriegsjahren wiederholt verbürgt geäußert worden war, mit diesem malerischen Genre endgültig abgeschlossen zu haben."

Klaus Esbeck zuckte bedauernd mit den Achseln und seufzte. „Ich fürchte, ich kann mich zum Thema Paul Klüber bisher ebenso wenig sachkundig äußern wie über kulturelle Aspekte der keltischen Welt."

8. Kapitel

Götterzorn

Die Sonnenscheibe stand jetzt hinter den vier Reitern. Der immer schmaler werdende Saumpfad schlängelte sich vor ihnen steil zum Hügelkamm hoch, und seine Breite reichte nur aus, wenn die Lastpferde an langer Leine hinter den Reittieren geführt wurden.

Im Prinzip hätte der Schmiedesohn den Hornruf zuerst hören müssen, denn er war mit Abstand der jüngste der Männer und besaß die besten Ohren. Aber zu seiner Entschuldigung konnte geltend gemacht werden, dass die Bronzekannen in den Säcken auf den Packgestellen geräuschvoll aneinanderschlugen. Außerdem wehte seit dem frühen Nachmittag ein beständiger Ostwind, der langsam eine düstere Wolkenwand herantrieb und schon jetzt spürbar an den Baumkronen rüttelte. So war es also der Seher, dem der leise, klagende Ton zuerst auffiel.

Er drehte sich zu Artiknos um. „Blasen die Wächter das Signal nicht zu zeitig?"

„Signal? Was für ein Signal denn?" Der Töpfer lauschte einen Moment angestrengt, bis auch er den dünnen Ton vernahm. „Ah, du meinst den Hornruf! Stimmt, das Torzeichen dürfte es kaum schon sein, die Sonne steht noch recht hoch!" Er betrachtete die hinter dem Burgberg von Lisacc-Dûron aufgezogene Gewitterfront. „Ich denke, man will die Hirten vor dem Unwetter warnen."

Der Schmied war aufgerückt, hörte, worüber die beiden sprachen, und sagte: „Artiknos hat vermutlich recht. Neulich sind drei Schafe vom Blitz erschlagen worden. Die Hirten hatten nicht mitbekommen, dass da ein Gewitter aufgezogen war. Ein Bergrücken hatte ihnen die Sicht versperrt."

„Dann hurtig weiter!“ drängelte am Ende des Trosses der Schmiedesohn, deutete auf den schwarzen Himmel und verzog das Gesicht. „Noch kurz vor daheim in ein böses Unwetter zu geraten schmeckt mir überhaupt nicht.“

Zmertorix nickte. „Mir auch nicht, doch ich ahne, wir werden es erdulden müssen.“

„Ach, wie gut, dass ein kundiger Seher mit uns reitet“, lästerte Magos, ebenfalls mit missbilligendem Blick auf die bedrohliche Wetterfront, „sonst würden Blitz und Donner uns demnächst völlig ungewarnt ereilen!“

In Anbetracht der anstehenden Häuptlingswahl, wo jede Stimme von Gewicht sein würde, knirschte Zmertorix, schon ganz Homo Politicus, nur mit den Zähnen und verschluckte jedweden mündlich artikulierten Kommentar zu der Unverschämtheit des Schmieds.

Die Raubkarawane setzte sich wieder in Bewegung. Der Saumpfad überquerte den Hügelkamm, wurde breiter und mündete auf einer spärlich bewaldeten, plateauartigen Ebene. Als die Reiter die Lasttiere wieder bequem neben sich führen konnten, fielen bereits erste, schwere Tropfen. Bald goss es derart heftig, dass die Regenmauer den Burgberg am Ende der Hochfläche wie mit einem dicht gewebten Tuch verhüllte. Zeitgleich begannen grelle, gleißende Lichtkeile das Firmament zu zerreißen, unablässig von einem gewaltigen Grollen begleitet, das die Pferde pausenlos scheuen ließ.

Die Götter zürnten nicht. Sie wüteten.

Zu dem dünnen Hornruf hatten sich unterdessen zögerlich ein zweiter und dann energischer ein dritter gesellt, aber das Toben der Elemente verschluckte alle Alarmsignale der Wächter von der Stein-Festung.

*

Der Weg stieg am Sockel des Burgbergs erneut an, und vor den Männern tat sich eine Art Hohlweg auf. Sintflutartige Regengüsse wechselten mit orkanartigen Sturmböen. So war es denn kein Wunder, dass niemand mitbekam, wie der Schmiedesohn, der am Ende ritt, von mehreren Pfeilen durchbohrt vom Pferd rutschte. Ein in der Kehle vibrierendes Geschoss hatte seine Schmerzensschreie im wahrsten Sinne des Wortes erstickt. Erst als ein Speer den Seher nur knapp verfehlte und dessen Saumpferd traf, wurde den Grabräubern urplötzlich bewusst, dass sie in einen Hinterhalt geraten waren. Es war eine tödliche Erkenntnis, denn die Angreifer, die sich nun zu Fuß in großer Anzahl auf die Karawane stürzten, waren Krieger aus dem Norden mit ungepflegten, langen Bärten, die in den letzten Jahren häufiger in den Buchenwäldern ihr Unwesen getrieben hatten.

Bei einer Übermacht von annähernd fünf zu eins ging der Rest blitzschnell. Auch Zmertorix und Magos wurden in die Anderswelt befördert. Nur Artiknos überlebte – vorerst. Ein Wurfspieß hatte einen der Leinensäcke auf dem Packpferd aufgeschlitzt. Er ließ die Zügel des Saumtiers los. Die herauspolternden Bronzegefäße lenkten die Angreifer eine wertvolle Zeitspanne ab und ermöglichten Artiknos die Flucht. Alle ihm nachgeschickten Pfeile gingen fehl.

Das Pferd zur Höchstleistung antreibend, preschte der Töpfer davon. Seine Absicht, eines der schutzversprechenden Walltore zu erreichen, wurde durch einen kopfstarken Trupp schwertschwingender Nord-Krieger am Hang von Lisacc-Dûron vereitelt, die augenblicklich Anstalten machten, ihm den Weg abzuschneiden. Fluchend wich Artiknos im weiten Bogen nach Westen aus, bis er den Pfad mit der markanten Buche erreichte, wo sich auch die Erdspalten befanden, in denen er gewöhnlich Ton stach. Was sich derzeit oben in der Festung abspielte, konnte er nur ahnen, aber die Massen herumstreifender Nord-Krieger ließen das Schlimmste befürchten.

So bin ich viel zu langsam! dachte er. Er warf die beiden schweren Satteltaschen und den Beutel mit den Goldmünzen in eine der Spalten und bedeckte das Raubgut hastig mit Geröllbrocken, über das er noch so viel Erdreich wie möglich häufte, hastig, denn Eile war geboten. Schon kamen die kehligen Kampfschreie der Nordmänner näher.

Der Töpfer schwang sich wieder aufs Pferd. Viel zu überlegen gab es nicht. Zu allererst musste er das verborgen gelegene Gehöft seines Bruders im Osten des Burgbergs erreichen. Der Bruder würde wissen, ob um Lisacc-Dûron weiterhin gekämpft wurde, oder ob die Festung bereits erobert worden war.

Die Distanz zu den Stimmen der Verfolger wuchs kontinuierlich. Bald vernahm Artiknos alleinig das Getöse von Wind und Regen.

Ha, ich hab sie abhängen können! frohlockte er noch – bevor er in einen Pfeilhagel ritt.

9. Kapitel

Finissage in der Kunststation

In den Wintermonaten ist man oft versucht, die Rhön eine menschenleere Landschaft zu nennen, es gibt jedoch Tage, die dieses Urteil Lügen strafen.

Der Tag der Finissage „Momente des Arabischen Frühlings" war ein Samstag und das Wetter weiterhin regnerisch. Obgleich die Veranstaltung erst um fünfzehn Uhr beginnen sollte, erschienen bereits gegen dreizehn Uhr zwei Wagen mit der Aufschrift hr3. Die Leute vom Hessischen Rundfunk und vom Regionalfernsehen wollten die Kunststation rechtzeitig in Augenschein nehmen.

Trotz aller wetterbedingten Widrigkeiten konnte man sich über mangelndes Besucherinteresse wenig beklagen. Schon ab zwei Uhr waren die Stellflächen für Pkw vor der Station restlos zugeparkt, ebenso die umliegenden Dorfstraßen. Vor dem Eingang zu den Ausstellungsräumen drängten sich die Leute, und das Café war bis auf den letzten Platz besetzt. Da solchen Ereignissen die Tendenz innewohnt, schnell unübersichtlich zu werden, hatte Direktor Rundvoigt vorsorglich ab Mittag zwei Mitarbeiter eines fuldensischen Wachschutzunternehmens engagiert.

Klaus Esbeck und Kobayashi-san saßen bereits an einem Fensterplatz mit Blick auf die St. Laurentius Kirche, als Marietta Kundzienna mit mehreren Journalistenkollegen eintraf und alle sogleich von Direktor Rundvoigt in Beschlag genommen wurden.

Heribert Fladung stand am Museumstresen, hatte soeben eine Eintrittskarte für die Vernissage gekauft, sah seinen Feriengast vom Stellbergweg und kam an den Tisch.

„Tag, die Herren! Na, wie schreitet Ihr Kelten-Projekt voran?"

„Sagten Sie schreiten?" Der Japaner stöhnte auf. „Ich würde es momentan eher schleichen nennen, Herr Fladung. Der Teufel steckt bekanntlich im Detail. Zurzeit plage ich mich mit Hammer und Amboss ab, poliere Kronkorken und versuche, sie in so etwas Ähnliches wie keltische Münzen umzuformen. Eine Schüsselform hinzukriegen ist trotz des gezackten Rands weniger das Problem, als die Stücke mit einem adäquaten Muster zu versehen: einer abstrahierten Sonnenscheibe, einem Streitwagen samt Lenker, einer Quellnymphe unter einer Trauerweide ..." Kobayashi-san stöhnte erneut. „Die Kronkorken werden dabei immer perforiert, aber das bemerkt später hoffentlich niemand."

„Die Originalmünzen, die man gefunden hat, waren ja auch nicht unbedingt prägefrisch." Durch den Sagenschatz seiner Heimat schien Heribert Fladung bestens mit latènezeitlichen Goldschüsselchen vertraut. „Planen Sie, Ihre Imitationen zu vergraben?"

„Selbstverständlich. Was halten Sie von der Idee, die Ausstellungsbesucher zu einer Art Schatzsuche in der Umgebung der Kunststation zu animieren?"

Esbecks Vermieter schmunzelte. „Und Sie wollen die Leute dann von Regenbögen zu den Verstecken lotsen?"

Dem Japaner entging wieder der ironische Unterton der Frage. Er ließ einen Seufzer vernehmen. „Das wäre natürlich eine fabelhafte Idee, ist aber leider schwer zu realisieren."

„Ach, rein technisch würde sich bestimmt eine Lösung finden", tröstete Heribert Fladung. „In Fulda gibt es eine Drogerie, die potentielle Kunden mittels wandernder Laserpunkte auf dem Bürgersteig anlockt. Exorbitant teuer dürfte eine solche Werbung also nicht sein. So etwas könnte ich mir auch für Sie denken."

„Danke, der Hinweis ist ausgezeichnet!" Kobayashi-san tippte eine entsprechende Notiz in sein iPhone.

„Ich bin über Paris nach Frankfurt geflogen", sagte Esbeck. „Im Duty-Free-Bereich vom Charles de Gaulle Airport habe ich gleich mehrere Shops gesehen, die auf diese Art und Weise für ihre Produkte warben."

Heribert Fladung nickte. „Die Technologie wird heutzutage viel verwendet. Auf dem Parkplatz stehen zum Beispiel zwei Wagen einer Marburger Vermessungsfirma, denen man allerorts in der Rhön begegnen kann. Die arbeiten auch mit Lichtmessinstrumenten, soweit mir bekannt ist."

Kaum hatte er zu Ende gesprochen, näherte Marietta Kundzienna sich mit dem Direktor ihrem Tisch. Während die Frau auf Anton Rundvoigt einredete, sah Esbeck, dass sie unentwegt auf die Glasfront des Cafés deutete und dabei alles andere als einen entspannten Eindruck machte. Angst war es nicht, die sich auf ihrem Gesicht widerspiegelte, eher Wut.

Die Finissage würde in fünfzehn Minuten beginnen. Einige Cafébesucher vom Nachbartisch begaben sich in Richtung Ausstellungsräume. Heribert Fladung holte zwei der frei gewordenen Stühle an den Tisch. Ganz Kavalier, wartete Anton Rundvoigt, bis Marietta Kundzienna Platz genommen hatte, bevor er sich selbst setzte.

Die Journalistin war noch immer sichtlich erregt, als sie sagte: „Unten steht die Kiste von dem Rüpel von neulich."

„Der SUV, auf den Sie fast gebrettert sind?" fragte Esbeck.

„Genau der, allerdings jetzt nicht mehr über und über schlammbespritzt."

„Und wieso sind Sie sich so sicher?"

„Natürlich wegen der Beschriftung: Geodata!" fauchte sie. „Und das Nummernschild enthält auch eine Drei: MR XT 4003."

„Und ich versuche ihr zu erklären, dass derzeit von der Firma mindestens ein halbes Dutzend Wagen in der Rhön unterwegs sind", sagte der Direktor. „Der SUV auf dem Parkplatz muss trotz der Drei nicht unbedingt derselbe sein."

„Das ist richtig“, bestätigte Heribert Fladung. „Meinen Sie den dunkelgrünen Skoda Yeti unten links neben dem Eingang, Frau Kundzienna?“

„Ja.“

„Nun, weiter rechts steht noch einer. Sehen Sie!“ Er wandte sich an Klaus Esbeck und dann erklärend zu den anderen: „Beim letzten Treffen der Arbeitsgemeinschaft Rhön-Marketing war auch ‚Saisonale Belegung von Ferienunterkünften‘ ein Tagesordnungspunkt.“

„Ah, richtig! Sie erzählten mir von der relativ guten Auslastung im Winter“, sagte Esbeck. „Wegen zahlreicher angereister Geologen, Archäologen und so weiter aus aller Herren Länder, darunter sogar Wissenschaftler aus Asien.“

„Genau! Die Firma Geodata aus Marburg, die hier überall mit den Skoda Yetis durch die Gegend flitzen, koordiniert alles.“

„Es muss sich um dieses Projekt ‚Schnittpunkte der Geographie bedeuten Schnittpunkte der Archäologie‘ handeln, das die UNESCO schon seit geraumer Zeit finanziert“, meinte der Direktor. „Der Spiegel berichtete vor Weihnachten wieder ausführlich darüber. Es ist ein groß angelegtes, multinationales Projekt. Hier!“ Er schlug die Frankfurter Rundschau vom Tag auf und las vor: *„Das hessische Regierungspräsidium teilte uns mit, dass erneut von einem beauftragten privaten Luftfahrtunternehmen geophysikalische Messdaten mit einem Spezial-Helikopter gesammelt würden. Der Hubschrauber wird die ausgewählten Gebiete in der Rhön in etwa dreißig Metern Höhe überfliegen.“*

Marietta Kundziennas Ärger hatte sich unterdessen weitgehend gelegt, und sie murmelte bloß noch etwas von „UNESCO gesponsertem Verkehrsrowdytum“.

Direktor Rundvoigt schaute auf seine Armbanduhr. „Ich will Sie nicht drängeln, aber langsam ...“

*

Der Herr Minister sprach, das Fernsehen filmte.

Die Ansprache war nicht unbedingt mitreißend, zumal sie von einem Blatt abgelesen wurde, das der Staatssekretär seinem Chef zugesteckt hatte. Immerhin wurde die zeitliche Vereinbarung eingehalten. Die ministerliche Rede fiel kurz aus, was auch niemand wirklich bedauerte.

Marietta Kundzienna machte nach dem offiziellen Teil der Veranstaltung ihre Interviews mit den Landtagsabgeordneten. Befragt, warum das Land Hessen den Betrag für die Kulturförderungen in der laufenden Legislaturperiode nur minimal erhöht hätte, wanden sich die Politiker, beide Mitglieder der Regierungspartei, wie man es eben vom Homo Politicus gewohnt war. Ihre nebulöse, unverbindliche Argumentationsweise erinnerte Esbeck und Kobayashi-san frappierend an die der Ratsherren von Fujisawa, wenn sie im Rundfunk erklärten, kein Geld für ein städtisches Museum erübrigen zu können.

Der Minister mitsamt Tross, hr3 und ein Teil der Presse-Crew wurden anschließend von zwei Streifenwagen mit Blaulicht zurück zur B 458 gelotst.

Das Nieselwetter verlockte anscheinend keinen der Kunststation-Besucher zu einem Après-Finissage-Spaziergang, das Kuchenbuffet und die ausgezeichneten Rotweine im Ausschank reizten mehr, folglich bekam man im Café lediglich Stehplätze. Aber der Direktor hatte rechtzeitig für sich, Klaus Esbeck, Kobayashi-san, Heribert Fladung sowie Marietta Kundzienna reservieren lassen. Brigitte Hausmann, eine ihrer Journalistenkolleginnen, wollte unbedingt den japanischen Interpreten keltischer Kunst kennenlernen, der durch den Rhön-Maler Paul Klüber auf das Thema gestoßen war. Anton Rundvoigt holte unbürokratisch einen Drehstuhl aus dem Bürotrakt.

Frau Kundziennas Kollegin wurde allen vorgestellt. Als sie ihr Anliegen mit der Frage beendet hatte, ob der Samurai-Ethos nicht mit der keltischen Auffassung von Vasallentreue frappierende Parallelen aufweisen würde, erhob sich Kobayashi-san, verbeugte sich rechtwinklig – und legte los. Es folgte ein erneuter Intensivkurs in Keltologie.

„Oh ja! Besonders die Todesverachtung meiner ritterlichen Vorfahren dürfte sehr wohl mit der gallo-keltischen vergleichbar sein. Es gibt eine berühmte Marmorskulptur aus Pergamon, wo ein gallischer Krieger sich das Schwert von oben in die Herzgrube rammt, um der Schande zu entgehen, in Gefangenschaft zu geraten."

„Ich erinnere mich." Brigitte Hausmann rümpfte die Nase. „Vor ihm bricht seine sterbende Frau zusammen, die zuerst dran glauben musste, damit der Feind sie nicht *entehren* konnte. Tja, die vielzitierten guten alten Zeiten ..."

Kobayashi-san war wieder einmal der feine Unterton in der Formulierung entgangen, und er nickte freudig. „An genau diese Skulptur dachte ich. Sich mit den Angehörigen in ausweglosen Situationen zu entleiben, galt auch bei den Samurai als ehrenvoll. Die japanische Geschichte kennt unzählige Beispiele. Und noch eine Parallelität ist bemerkenswert!"

„Nun spann uns nicht ungebührlich auf die Folter. Lass hören!" forderte Esbeck ihn auf.

Der Japaner strich mit dem Zeigefinger wie mit einer Messerklinge von Halsschlagader zu Halsschlagader. „Kopfjäger!"

„Kopfjäger?" fragte der Direktor. „Wie dürfen wir das verstehen?"

„Nun", sagte Kobayashi-san, „die Köpfe getöteter Feinde erfreuten sich in beiden Gesellschaften großer Beliebtheit. In keltischen Häusern gab es bisweilen sogar eine Art Steinregal, wo man sie zur Ansicht aufbewahrte, falls sie nicht einfach an den nächsten Deckenbalken genagelt wurden. Bei uns in Kamakura heißt ein gewundener Passweg Make-up-Hang, *kewai-saka,* weil ein siegreicher Feldherr die geschminkten Schädel seiner Feinde dort der Reihe nach aufstellen ließ – Aberhunderte!"

„Ach, es ist doch schön, wenn man selbst in den entferntesten Kulturen noch so viel Verbindendes erkennen kann", sagte

Brigitte Hausman. „Sie werden sicherlich hier in der Gegend viel Erfolg mit Ihrer Kelten-Ausstellung haben. Wussten Sie, dass es in Thüringen sogar ein Hotel mit Namen Kelten-Hotel gibt?“

„Nein, wohl aber, dass gerade eine Künstlerin aus meiner Heimat in England Furore mit dem Thema ‚Rebirth‘ in der Royal Academy of Arts macht.“

„Eine gewisse Frau Mori?“

„Genau die. Mori-san verbindet in einer Mischung aus Performance und Kunstpräsentation Aspekte der buddhistischen Seelenwanderung mit Glaubensinhalten der japanischen Jômon-Kultur und mit keltischen Vorstellungen, was nach dem Tod eines Menschen mit dessen Seele und Körper geschieht.“ Kobayashi-san runzelte die Stirn, ein sicheres Anzeichen, dass er Einwände gegen das Konzept seiner berühmten Kollegin hatte. „Frau Mori ist wirklich geradezu abartig erfolgreich, wenn man bedenkt, dass – anders als im Buddhismus – keinerlei Dokumente existierten, die einen Glauben an Wiedergeburt bei den Kelten oder bei den Menschen der Jômon-Zeit belegen. Beide Kulturen, Kelten und Jômon, waren bekanntermaßen schriftlos. Ich für meinen Fall halte mich hier in Kleinsassen ausschließlich an konkrete archäologische Funde und versuche weitgehend, mich nicht in metaphysische Spekulationen zu verirren, um fragwürdige spirituelle Botschaften zu verbreiten.“

„Also befolgen Sie eine rein materialistische Herangehensweise an das Kelten-Thema“, stellte Frau Hausmann fest.

„Ja, so ist es! Für mich zählen nur Dinge, die man sehen und anfassen kann – wie etwa Carnyx-Trompeten oder Regenbogenschüsselchen.“ Kobayashi-san strahlte über das ganze Gesicht und dozierte daraufhin über die als Toques bezeichneten, vorne offenen Halsringe der latènezeitlichen Krieger und Kriegsherren, redete über die gemeinsame Sitte, vor einer Schlacht den gegnerischen Anführer zum Zweikampf herauszufordern. Völlig frei von Spekulationen über Gebräuche der alten Kelten war der Japaner aber doch nicht: Wein, erfuhr die höflich lauschende Runde, diente womöglich als ein kultisches Getränk, dessen Rausch einen Blick in die Anderswelt, in das Reich der Götter und Verstorbenen, gestattete.

„‚Grau, teurer Freund, ist alle Theorie und grün des Lebens goldener Baum'", rezitierte daraufhin Direktor Rundvoigt aus Goethes Faust und ließ eine Flasche Rheinhessischen Bio-Spätburgunder kommen. „Machen wir doch einfach die Probe aufs Exempel."

Esbeck hüstelte. „Wir alten Achtundsechziger hatten ebenfalls eine verlässliche Methode, um uns der Anderswelt zu nähern. Allerdings musste man dafür gewisse Substanzen tief inhalieren. Schimmel-Afghanen zum Beispiel oder Grünen Türken."

Marietta Kundzienna grinste wissend und übernahm das Einschenken. „Dass der Spruch ‚in vino veritas' eine altehrwürdige Lebensweisheit ausdrückt, habe ich gewusst, ihn allerdings nie mit den Kelten in Verbindung gebracht, nur mit rotbäckigen, mittelalterlichen Mönchen beim geselligen Umtrunk."

Plötzlich vernahm Kobayashi-san in seinem Rücken heimische Laute. Auch Klaus Esbeck spitzte die Ohren und drehte sich um. Irgendein Mann hinter ihnen redete Japanisch. Leider konnte man den Sprecher nicht erkennen, weil eine Besuchergruppe die Sicht verstellte. „Das wird jemand von den UNESCO-Wissenschaftlern sein. Du sitzt näher. Verstehst du, worüber er redet?"

Kobayashi-san schüttelte den Kopf. „Er sagt andauernd laut *hai, hai, hai*. Klingt, als würde er telefonieren." Er kicherte. „Wer ein Handy benutzt, brüllt scheinbar allerorts ungebührlich ins Mikro."

Neugierig geworden, blickten alle in die gleiche Richtung, und Heribert Fladung fragte: „Was gibt's?"

„Da spricht hinter uns einer Japanisch", sagte Esbeck.

Heribert Fladung, der Kobayashi-san gegenüber saß, lehnte sich weit zur Seite. „Den Sprecher kann ich wegen der vielen Leute nicht sehen, aber seinen Gesprächspartner am Tisch. Es ist Professor Neumann von der Goethe Universität aus Frankfurt. Er hatte früher wiederholt Ferienwohnungen von mir angemietet, wohnt aber seit dem vergangen Jahr bei meinem Cousin in Hilders", erklärte er. „Professor Neumann ist Archäologe mit wissenschaftlichem Schwerpunkt ‚Keltenforschung in Hessen'. Er und sein Team gelten als Experten für vorgeschichtliche Ausgrabungen, stand in der Fuldaer Zeitung."

Esbeck stieß Kobayashi-san freundschaftlich in die Rippen. „Na, wie wäre es, wenn du gleich mal ein paar Worte mit dem berühmten Professor wechseln würdest? Herr Fladung stellt dich bestimmt gerne vor."

Aber Esbecks Vorschlag kam zu spät. Mehrere Ausstellungsbesucher, die sich zur Treppe begaben, erlaubten ihm plötzlich den Blick auf den Frankfurter Wissenschaftler, der sich in diesem Moment erhob, eine voluminöse Aktentasche ergriff, um ebenfalls zusammen mit einem Mann das Café zu verlassen. Der Begleiter des Professors, den Esbeck nur von hinten betrachten konnte, war zumindest der Statur und dem tiefschwarzen Haar nach der Japaner, der soeben gesprochen hatte.

*

Um neunzehn Uhr war die Sonne in der Rhön bereits eine Stunde untergegangen, aber im Café der Kunststation herrschte weiterhin lebhafter Betrieb. Mit Après-Finissagen verhält es sich ähnlich wie mit dem häufig zitierten Après-Ski: Eine gesellige Gesprächsrunde – und kontinuierlicher Nachschub an geistigen Getränken – verleitet zum längeren Verweilen als ursprünglich geplant.

Kobayashi-sans Monologe hatten zwischenzeitlich ernsthafte Konkurrenz durch die Ausführungen von Marietta Kundzienna zum Thema Türk-Pop erfahren. Auch Brigitte Hausmann war keineswegs verstummt und gab gerade eine lebendige Schilderung ihrer letzten Fernostreise zum Besten, als gegen zwanzig Uhr einer der Wachschutzleute die Treppe hochkam. Ein uniformierter Polizist folgte ihm mehr oder weniger auf dem Fuße. Anton Rundvoigt ging den beiden entgegen, er und der Beamte wechselten ein paar Worte, dann brachte der Direktor ihn an den Tisch und räusperte sich vernehmlich: „Ich muss Sie leider für einen Moment stören. Der Herr von der Verkehrspolizei hier hat eine wichtige Frage."

Der Beamte stellte sich als Polizeikommissar Freitag, Verkehrspolizei Osthessen vor. Um achtzehn Uhr dreißig wäre auf dem Hochrhön-Ring in Richtung Hilders ein schweres Verkehrsunglück mit einem Geländewagen der Firma Geodata passiert, und es gäbe einen Toten zu beklagen. Das Unfallopfer hätte keinerlei persönliche Papiere wie Ausweis oder Führerschein mitgeführt, wohl aber eine gewisse Summe an Bargeld, nicht aufsehenerregend viel, und eine Eintrittskarte heutigen Datums von der Kleinsassener Fotoausstellung ‚Momente des Arabischen Frühlings'. Ob jemand der Anwesenden möglicherweise den Fahrer eines Marburger Skodas mit der Aufschrift Geodata kennen würde?

„Ein Geländewagen, sagten Sie?" fragte Heribert Fladung.

„Ja. Ein Auto mit der Typenbezeichnung Yeti."

„War der Tote ein Deutscher oder ein Asiat?" wollte Esbeck wissen, denn er musste an den unsichtbaren Gesprächspartner am Tisch des Frankfurter Professors denken.

PK Freitag legte die Stirn in Falten. „Ob er ein Deutscher war? Gut möglich, aber auf jeden Fall war der Mann kein Asiat. Wie darf ich Ihre Frage verstehen?"

„Weil vorhin zwei Ausstellungsbesucher hier im Café saßen, die höchstwahrscheinlich mit Skoda Yetis der Firma Geodata hergekommen sind", antwortete Heribert Fladung anstelle seines Mieters. „Offenbar ein Japaner ..." Er blickte Esbeck und

Kobayashi-san an, die bestätigten durch Nicken. „... und ein deutscher Professor aus Frankfurt."

„Aha, das könnte durchaus ein wichtiger Hinweis auf die Identität des Unfallopfers sein." Der Beamte zückte selbstverständlich nicht mehr das in der Vergangenheit bei polizeilichen Ermittlern so beliebte Notizbuch, sondern ein Smartphone, wie es auch Kobayashi-san besaß. „Sie wissen nicht zufällig, wie der Herr Professor hieß? "

„Doch."

Während Heribert Fladung berichtete, woher er den Archäologen kannte, und dass die Wissenschaftler des UNESCO-Projekts ‚Schnittpunkte der Geographie bedeuten Schnittpunkte der Archäologie' alle mit von der Firma Geodata gesponserten SUVs in der Rhön unterwegs waren, erinnerte sich Esbeck an ein Detail und unterbrach seinen Vermieter: „Als der Frankfurter Professor das Café verließ, hielt er eine große Aktentasche in der Hand. Möglicherweise hatte er seine Ausweispapiere da drinnen verstaut."

PK Freitag, der die ganze Zeit über Notizen in das Mobiltelefon getippt hatte, schüttelte entschieden den Kopf. „Im Unfall-Pkw lag keine Aktentasche."

„Komisch", bemerkte Heribert Fladung. „Ich denke auch, dass Professor Neumann mit einer Tasche in der Hand zur Treppe ging. Um was für eine es sich genau gehandelt hat, ob es nun wirklich eine Aktentasche war, das sei dahingestellt. Jedenfalls machte das Stück einen ziemlich stabilen Eindruck, so wie die Warenkoffer, die manche Außendienstler oder Handelsvertreter bisweilen benutzen."

„Das kann durchaus so gewesen sein", sagte der Polizeibeamte, „nur ins Auto hat er die Tasche oder den Koffer nicht mitgenommen."

Heribert Fladung räusperte sich. „Er war, ich weiß das genau, bei einem meiner Verwandten in Hilders untergekommen, im Gasthof Forellenbach. Soll ich Ihnen die Telefonnummer geben?"

PK Freitag nickte. „Ja, bitte."

„Ich kann mir schwerlich vorstellen, dass man nicht zumindest den Kfz-Schein einsteckt, immerhin war es ja kein Privatauto, mit dem der Professor hierher fuhr", ließ sich Direktor Rundvoigt vernehmen.

Der Polizist lachte nur heiser. „Was glauben Sie, was wir tagtäglich im Dienst erleben? Vergessene Ausweis- und Wagenpapiere sind da wirklich vergleichsweise Lappalien."

„Einige der Geodata-SUVs heizen ganz schön durch die Gegend", bemerkte Marietta Kundzienna grimmig. „Davon kann ich höchstpersönlich ein Lied singen. Was nimmt man denn als Unglücksursache an, Herr Kommissar. Raserei?"

„Das ist noch unklar. Der Wagen ist von der Straße abgekommen, einen Hang hinabgestürzt und hat sich dabei mehrfach überschlagen. Der Fahrer muss dem Urteil der Rettungssanitäter nach sofort tot gewesen sein. Genickbruch. Oft ist bei solchen Situationen nicht nur unangemessene Fahrweise im Spiel, sondern auch Alkohol- beziehungsweise Drogenkonsum. Aber diese Frage wird sich erst eindeutig nach einer Obduktion beantworten lassen."

„Und wo war die Unfallstelle genau?" erkundigte sich Direktor Rundvoigt.

„Auf der L 3379, wo es, wenn Sie von Kleinsassen kommen, ziemlich steil nach Oberbernhardts hinuntergeht."

„Handelt es sich etwa um den Ort, der früher Wendebuche hieß?" fragte Esbeck.

„Ich glaube, so heißt die Stelle", sagte der Polizist.

„Ja", bestätigte Heribert Fladung. „Der Ort wird von den Leuten aus der Gegend hier weiterhin als Wendebuche bezeichnet."

„Falls wir in Hilders Probleme mit der Identifizierung des Unfallopfers bekommen sollten – wovon ich nicht ausgehe –, werde ich Sie morgen oder übermorgen anrufen, Herr Fladung. Wenn Sie in dem Fall so freundlich sein würden und ..." Der Kommissar notierte sich die Rufnummern von Esbecks Vermieter und verließ das Café.

Für ein, zwei Minuten herrschte Schweigen am Tisch. Dann atmete Marietta Kundzienna tief durch. „Uff, so schnell kann's also gehen."

Ihre Kollegin sprach aus, was auch Klaus Esbeck auf der Zunge lag: „Irgendwie makaber, nicht wahr? Exitus an der Wendebuche."

Kobayashi-sans Formulierung „Allrad-angetrieben in die Anderswelt" war indes an diesem Abend bestimmt die sprachlich ungewöhnlichste Äußerung betreffs Professor Neumanns Ableben.

Da die Frauen vom Café seit den Mittagsstunden kaum eine ruhige Minute hatten, bat der Direktor um einundzwanzig Uhr, das gesellige Treffen langsam zu beenden, und Kobayashi-san schlug vor, es doch in seiner Wohnung fortzusetzen. Alle stimmten dem begeistert zu, beglichen bei der Bedienung ihre Rechnungen und folgten dem Künstler.

„Wer dann später, mich eingeschlossen, rotweinbedingt einen fahrbaren Untersatz stehen lassen muss, für den findet sich im Haus garantiert eine Bleibe", bot Anton Rundvoigt an und erntete Applaus.

Das Apartment für die Kleinsassen-Stipendiaten war mit einer gut eingerichteten Küche ausgestattet, und Kobayashi-san machte sich als stolzer Gastgeber sogleich an die Arbeit, seine späten Besucher mit zwei schnell zubereiteten Köstlichkeiten zu verwöhnen: hauchdünne, in Butter geschwenkte und mit Austernsoße beträufelte Rinderfiletscheiben und pfannengerührte Gemüsestreifen, die er mit einer Sesam-Misopaste würzte.

„An und für sich trinkt man in meiner Heimat zu einem solchen Essen Sake oder Bier, aber ich denke, wir dürfen es ohne Weiteres bei dem trockenen Bio-Spätburgunder von eben belassen. Die Damen vom Café haben freundlicherweise ihren Lieferanten verraten. Ich konnte mir somit einen, äh, gewissen Vorrat zulegen." Eine überflüssige Bemerkung, fand Esbeck, denn der turmhohe Weinkistenstapel neben dem Elektroherd war unmöglich zu übersehen.

An einem großen, ovalen Esstisch vor dem Kühlschrank gab es genügend Stühle. Marietta Kundzienna übernahm wieder das Flaschenentkorken und Einschenken.

Rheinhessens Rebsaft und das japanische Fastfood vertrugen sich in der Tat ausgezeichnet. Kobayashi-san wurde allseits ob seiner Kochkünste gelobt.

Brigitte Hausmann sicherte sich den letzten Rest des Gemüses. „Woran erfreuten sich denn die alten Kelten kulinarisch bei einem Festmahl, Herr Kobayashi? Doch wohl kaum an – zugegebenermaßen sehr leckeren – Möhrenschnipseln."

„Keinesfalls. Und darin besteht wahrscheinlich ein fundamentaler Unterschied zwischen der keltisch-gallischen Welt und der meiner Vorfahren. Nicht dass sie Fleisch gänzlich verschmähten, aber es wurde bei ihnen religiös bedingt – ich möchte bloß das Stichwort Buddhismus erwähnen – in Maßen verzehrt. Ein Fürst hingegen da oben auf der Milseburg hätte sich unsterblich blamiert, den Feiernden keine gewaltigen Fleischberge aufzutischen. Ein bisschen ist das ja heute noch so. Wenn ein Schnitzel über den Tellerrand ragt, wird der Koch gelobt. Aber das soll keine Klage oder Kritik sein. Andere Länder, andere Sitten."

„Gut beobachtet", sagte Esbeck. „Was hierzulande ein Restaurant bisweilen einer Person an reiner Quantität serviert, würde locker ausreichen, in Japan eine vierköpfige Familie einen Tag lang zu ernähren."

Kobayashi-san machte eine Verbeugung und reichte Marietta Kundzienna sein beim Kochen geleertes Glas. Um das wievielte handelte es sich eigentlich an diesem Abend?

Die Journalistin schmunzelte, als sie ihm und den anderen Wein nachschenkte und dachte: Strikte Abstinenz kann kaum der Grund sein, weshalb Japaner selten übergewichtig sind!

Dass Heribert Fladung als Erster aus der Finissage-Phalanx scherte, stieß auf Verständnis. Der schulpflichtigen Kinder wegen mussten er und seine Frau stets zu einer sehr unchristlichen Zeit aufstehen. Weil er zu Fuß in zwei Minuten daheim war, akzeptierte Esbecks Vermieter selbstredend noch gerne den Scheidebecher, den Kobayashi-san auf den Esstisch in der Küche zauberte. Das zierliche Keramikschälchen, wie man es auch als Trinkgefäß für Sake benutzte, enthielt aber keinen Reiswein, sondern eine blassgrüne Flüssigkeit, einen Zuckerrohrschnaps aus Okinawa, der in Fachkreisen als Luftmine bezeichnet wurde. Esbeck war mächtig gespannt, wie sein durch Rhöngeist gestählter Vermieter auf diesen Abschiedstrunk reagieren würde.

Kaum hatte der das Schälchen – gewohnheitsgemäß – auf ex gekippt, musste er mit Tränen, Hustenreiz und Atemnot gleichzeitig kämpfen. Unter Aufbietung der ihm zur Verfügung stehenden Beherrschung stammelte er: „Himmel, ist das Zeug stark! Verdammt stark, aber lecker!"

Letztere Aussage war zwar der Höflichkeit gezollt, aber garantiert gelogen, denn selbst gestandene Hardcore-Zuckerrohrschnapsliebhaber auf Okinawa würden eine Luftmine niemals mit dem Attribut lecker belegen.

Kobayashi-san deutete auf das geleerte Trinkschälchen. „Möchten Sie vielleicht noch einen kleinen Schluck?"

„Danke, ein anderes Mal bestimmt gerne", flunkerte der Eingeladene geistesgegenwärtig. „Aber Sie wissen ja, Herr Kobayashi: morgen früh, die Kinder ..."

Als sich bald darauf die Runde in der Küche auflöste, war immerhin jeder vorgewarnt. Dennoch kniff niemand.

„Wir hessischen und bayrischen Rhöner blamieren uns doch nicht vor einem Preußen Asiens!" sagte Marietta Kundzienna und stürzte ihr Schälchen mit Todesverachtung hinunter.

„Niemals!“ rief Brigitte Hausmann und tat es ihrer Journalistenfreundin nach.

Anton Rundvoigt folgte tapfer dem Beispiel der beiden, murmelte aber nach der in seinem Rachen explodierten Luftmine etwas davon, noch eine Flasche österreichischen Stroh-Rums Original achtzig Prozent zu besitzen und sich bei passender Gelegenheit mit Freuden für die Spezialität aus Okinawa damit zu revanchieren.

Während der Direktor die Frauen zu ihren Zimmern führte, half Esbeck Kobayashi-san beim Aufräumen in der Küche. Danach wurde ihm die Wohnung gezeigt.

Ein Stipendiat der Kunststation, stellte er fest, hatte es selbst für deutsche Verhältnisse recht geräumig. Allein das Atelierzimmer war doppelt so groß wie Kobayashi-sans Arbeitsraum in Inamuragasaki. Überall hingen Federskizzen und aquarellierte Entwürfe für Erdgeboren. Auf einer Arbeitsplatte lagen bereits einige Werkproben von Gegenständen kultischer oder kriegerischer Art: Schwerter, Lanzenspitzen, eine Götterfigur mit Hirschgeweih – und natürlich auch eine lange Messingröhre, die in einem noch nicht fertig ausgeformten Tierschädel aus Weißblech endete, anscheinend eine Kriegstrompeten-Imitation.

„Soll das mal eine Wolfsschnauze werden?“ fragte Esbeck.

„Nein, der Schalltrichter des Instruments war zumeist ein Eberkopf oder Schlangenmaul.“

„Und willst du später mit diesem Teil auch Töne erzeugen?“

„Ich fürchte, das ist zu kompliziert.“

Esbecks Erleichterung währte nur kurz, denn sein japanischer Freund fügte hinzu: „Aber selbstverständlich kann man Carnyx-Klangimprovisationen auf dem Ausstellungsgelände hören.“

„So?“

„Ja, abgespielt von versteckten, leistungsstarken Minitonträgern in der Nähe der Exponate.“

Eine Ablage vor einem Fenster war über und über mit Bleistiftzeichnungen im DIN-A3-Format bedeckt, auf denen Kobayashi-san Impressionen von Kleinsassen und der Umgebung aufs Papier gebannt hatte: die Dorfkirche mit Friedhof, die Kunststation selbst, Häuser und Straßen im Dorf, aber selbstredend auch die Milseburg aus allen möglichen Perspektiven betrachtet.

„Du warst ausgesprochen fleißig in den wenigen Wochen, seitdem du hier bist, mein Lieber", lobte Esbeck den Freund.

„,Ach, das sind doch bloß ein paar hastig fixierte Eindrücke", wehrte der bescheiden ab. „Aber immer wenn das Wetter es einigermaßen zuließ, habe ich mich mit der Gegend vertraut gemacht, um leicht publikumszugängliche Orte und Stellen zu finden, an denen ich dann später meine Exponate platzieren kann. Es bringt ja nichts, die Sachen dort zu vergraben, wo man nur beschwerlich hinkommt."

„Ich würde mir diese Skizzen bei Gelegenheit gerne einmal in Ruhe ansehen", sagte Esbeck und tippte auf die schemenhafte Zeichnung einer bewaldeten Anhöhe, die ihn entfernt an das Paul-Klüber-Gemälde von der Wendebuche am Stellbergweg erinnerte.

„Nur zu! Am besten nimmst du die Skizzen gleich mit zu dir, wenn du gehst."

„Ja, brauchst du sie denn nicht als Erinnerungsstütze?"

„Nein." Kobayashi-san zog triumphierend sein Smartphone der Generation Übermorgen aus der Hosentasche. „Ich habe jedes Blatt abfotografiert." Er tätschelte den digitalen Alleskönner. „Alles ist hier drinnen gespeichert."

Der Japaner traktierte Esbeck zum Abschied mit einer Luftmine und verstaute die Bleistiftzeichnungen in einer Henkeltasche, die in etwa die Dimensionen der Aktentasche des verunglückten Frankfurter Archäologieprofessors hatte, eine Tasche, groß genug, um auch DIN-A3 formatige Bögen bequem aufzunehmen.

Ein Blick aus dem Fenster ließ keine Zweifel aufkommen, dass es dringend erforderlich war, sich besser mit einem Regenschirm für den Heimweg auszustatten.

„Nimm einen von mir", forderte Kobayashi-san ihn auf.

Als Klaus Esbeck dennoch von der Hüfte abwärts völlig durchweicht das Ferienhaus am Stellbergweg erreichte, begrüßte Hasso ihn trotz strömenden Regens euphorisch hinter dem Zauntor. Hunde sind fähig, die kompliziertesten Kommandos ausführen, sind seit Urzeiten verlässliche Wächter und Jagdgefährten, können Drogen und Sprengstoffe erschnüffeln und unter Schneemassen Verschüttete orten. Aber des Menschen besten Freund zu dressieren, sich aus eigenem Antrieb irgendwie abzutrocknen, anstatt triefnass mit Frauchen oder Herrchen ins Haus zu tappen, war bislang keinem gelungen.

Hasso bildete da keine Ausnahme. Immerhin stürmte er nicht sofort ins Kaminzimmer, sondern machte in Erwartung eines Leckerli brav in der Diele Platz. Esbeck nutzte die Gelegenheit, holte schnell ein benutztes Handtuch aus dem Bad und rubbelte den Setter so gut es ging damit ab.

War es nur die Nässe, die das Gefühl vermittelte, es wäre im Vergleich zum Vortag kälter geworden, oder hatte der Regen wirklich einen Temperatursturz bewirkt? Bald jedenfalls loderte im Kamin ein Feuer aus Buchenscheiten. Esbeck schlüpfte in eine trockene Hose und braute sich einen Kräutertee, der hoffentlich die Nachwirkungen der Luftmine in seinem Verdauungstrakt abmildern würde und zugleich als vorbeugende Medizin gegen eine Erkältung gedacht war. Während er den Stapel von Kobayashi-sans Kleinsassen-Impressionen studierte, glitt sein Blick hin und wieder zu dem Fladung'schen Familienerbstück an der Wand neben dem Kamin.

Die markante Straßenanhöhe, wo die historische Wendebuche gestanden hatte, schien eine magische Anziehungskraft auf jeden künstlerisch geschulten Betrachter auszuüben. Nicht nur von Paul Klüber waren der Baum und das dahinter liegende

Bergpanorama mehrfach als Motiv gewählt worden: Auch sein japanischer Nachbar hatte aus der dortigen Perspektive gleich mehrere Rhön-Ansichten skizziert.

Wendebuche! Esbeck musste an den verunglückten Professor denken.

Besonders wenn kurvenreich, endeten auch landschaftlich beeindruckende Wegstrecken bisweilen in tödlichen Abgründen.

*

Als er am nächsten Morgen erwachte, war ihm vergönnt, zu erleben, wovon er in Japan geträumt hatte: So weit das Auge reichte, lag eine makellose weiße Decke, die auch Hasso beim Gassi erfreute. Wieder und wieder kugelte sich der Setter in einer Schneewehe. Esbeck stapfte vorsichtig, vorsichtig, weil die Pfützen unter der Schneeschicht zu spiegelglatten Rutschbahnen gefroren waren. Er trug zwar knöchelhohe, feste Wanderschuhe, aber für Tiefschnee war das auch nicht unbedingt die ideale Fußbekleidung. Hunde, von Natur aus mit permanentem Allradantrieb ausgestattet, hatten da weniger Probleme mit den Witterungsbedingungen. Waren bislang noch vereinzelte Flocken auf Mensch und Tier gefallen, so hörte der Niederschlag völlig auf, als Esbeck und sein vierbeiniger Begleiter an der Kunststation eintrafen.

Die beiden Journalistinnen und Kobayashi-san standen vor der Eingangsglastür und fotografierten die sie umgebende Schneewüste.

„,Gefangen in Kleinsassen'. Wie fänden Sie diese Schlagzeile?" fragte Marietta Kundzienna und tätschelte den Setter.

„Oder wie wäre es mit: ‚Verschollen in der Rhön'?" sagte Brigitte Hausmann, dabei den freudig um sie herumschwänzelnden Hund ebenfalls mit Streicheleinheiten versorgend. Danach begrüßte der Stipendiat Hasso.

„Vermutlich sind Ihre Aussagen nicht völlig abwegig." Klaus Esbeck schaute sich um. Die Autos auf dem Parkplatz waren zu einer weißen Hügellandschaft mutiert. „Tja, ohne einen Geländewagen kommt man hier wohl tatsächlich kaum weg. Und bis sich ein Räumfahrzeug in die Seitenstraßen von Kleinsassen verirrt, könnte dauern."

Marietta Kundzienna ließ ihren Fotoapparat in einer Umhängetasche verschwinden. „Herr Fladung war übrigens in aller Früh mit seinem Land Rover da. Falls jemand etwas aus Fulda benötigt, möge man ihn über Handy anrufen. Er bringt dann später das Gewünschte vorbei."

„Fulda? Braucht man ihn wegen der Identifizierung dort?"

„Nein. Professor Neumann hatte sich für die Finissage umgezogen und offenbar vergessen, die Ausweis- und Wagenpapiere wieder einzustecken. Die Polizei fand die Dokumente in seiner Ferienwohnung in Hilders. Herr Fladung holt in Fulda einen Logiergast vom Bahnhof ab, der sonst dort hoffnungslos festsitzen würde. Der Busverkehr im Landkreis ist gänzlich zum Erliegen gekommen, und die Chance, ein Taxi zu finden, das sich derzeit hierher wagt, wird vermutlich gegen Null tendieren."

Esbeck nickte. „Das sehe ich ähnlich." Er wandte sich an die Frauen: „Aber solange dem Café der Rotwein nicht ausgeht, ist ein Zwangsurlaub in Kleinsassen ja kein unbedingt herbes Schicksal, oder?"

In diesem Moment bewältigte Heribert Fladungs Geländewagen souverän die verschneite Auffahrt zum Parkplatz und kam vor dem Eingang der Kunststation zum Stehen. Als die Beifahrertür aufging, runzelten die Journalistinnen irritiert die Stirn, Esbeck und Kobayashi-san verschlug es hingegen völlig die Sprache.

10. Kapitel

Unverhoffter Besuch

Kenji Watanabe war bestens auf den Wetterumschwung in der Rhön vorbereitet. In seinem dick wattierten, langen Wintermantel hätte er auch am Polarkreis eine gute Figur abgegeben. Langsam kehrte bei Kobayashi-san und seinem deutschen Inamuragasaki-Nachbarn das Sprechvermögen zurück.

„*Uso*! Ich glaub, ich lüg!" stammelte der Stipendiat.

„Der Restalkohol von gestern sollte sich zu dieser Stunde weitgehend aus meinem Gehirn verflüchtigt haben", sagte Klaus Esbeck. „Aber vielleicht blicke ich auch bloß auf ein Gespenst." Er deutete in Richtung Milseburg. „Die Gegend hier ist nämlich für spirituell empfängliche Menschen – also Neo-Kelten, New-Age-Jünger oder Anhänger esoterischer Druiden-Lehren – ein Ort wundersamster Kraftfelder. Denkbar wäre es schon, dass mir der gallische spirit of place über Nacht die Gabe des Geistersehens beschert hat."

Kenji Watanabe räusperte sich. „So? Darf man hoffen, dass auch ausländische Besucher vom Genius loci profitieren können? Na, jedenfalls scheint mir die Überraschung geglückt zu sein!"

Esbecks Aikidô-Partner wurde daraufhin den Frauen und Hasso vorgestellt, der wohlgesittet Pfötchen gab.

„Himmel! Was treibt dich denn ausgerechnet in diese Weltgegend?" fragte Kobayashi-san.

Kenji Watanabe grinste breit. „Bonusmeilen von Japan Airlines, meine teuren Freunde!"

Esbeck schaute ihn skeptisch an.

„Und ein paar Tage Resturlaub vom Vorjahr, die sonst verfallen wären", fügte er hinzu.

„Sind Sie etwa auch ein Kelten-Enthusiast wie Herr Kobayashi?" fragte Marietta Kundzienna.

„Oder womöglich sogar ein weiterer an Paul Klüber interessierter Künstler?" wollte Brigitte Hausmann wissen.

„Weder noch, meine Damen. Ich verdiene ganz bieder mein Geld als kleiner Beamter mit überwiegend sitzender Tätigkeit in einem Ministerium. Und wer Paul Klüber war und welche Bedeutung die Kelten für diese Region hatten, darüber bin ich nur sehr oberflächlich informiert."

„Bitte glauben Sie ihm kein Wort", ließ Esbeck vernehmen. „Er ist in dem Ministerium mindestens Abteilungsleiter. In Nippon gilt Bescheidenheit als gutes Benehmen."

Prompt protestierte der kleine Beamte: „Du übertreibst gewaltig, Kurausu-san!"

Kenji Watanabes Deutsch war wie das seines Klassenkameraden Kobayashi ausgezeichnet, allerdings hatte er wie die meisten Japaner die Angewohnheit nicht ablegen können, bei ausländischen Namen ein U hinter den Konsonanten zu sprechen. Da zudem R und L im Japanischen auf einen Laut fielen, der mal mehr nach R, mal mehr nach L klang, wurde aus Klaus-san also *Kurausu-san*.

Heribert Fladung war ebenfalls ausgestiegen. „Ich hätte noch etwas Wichtiges zu erledigen, Herr Watanabe. Wäre es Ihnen recht, wenn ich Sie in einer Stunde hier abholen würde und Sie erst dann zu Ihrer Ferienwohnung bringe? Eine alte Dame bat mich, ihr aus Fulda ein dringend benötigtes Medikament mitzubringen."

„Selbstverständlich! Und nochmals herzlichen Dank für all Ihre Bemühungen – und Ihre Verschwiegenheit meinen Freunden gegenüber."

Esbecks Vermieter schmunzelte. „Keine Ursache, es hat mich sehr gefreut, bei diesem Überraschungsbesuch behilflich zu sein."

Nachdem Marietta Kundzienna und Brigitte Hausmann erfahren hatten, dass Watanabe-san sowohl ein Sportfreund von

Esbeck als auch ein ehemaliger Klassenkamerad Kobayashi-sans von der Deutschen Schule in Yokohama war, begaben sich alle, Hasso eingeschlossen, ins Obergeschoss der Kunststation.

In Anbetracht der Tageszeit beließ man es bei einem Kaffee zur Feier der Ankunft. Der Setter war der Bedienung kein Unbekannter und bekam nicht nur einen Napf mit frischem Wasser, sondern auch eine Handvoll Hundekuchen.

„Wo hat Herr Fladung dich denn untergebracht?" fragte Kobayashi-san den alten Schulfreund.

Der bat um einen Moment Geduld, konsultierte einen ähnlichen Alleskönner in Smartphonegestalt, wie ihn auch Kobayashi-san besaß, und sagte dann: „Am Hirtsrain 38, Haus Milseburgblick, ein Ferienapartment im Hochparterre."

„Sieh an, bei mir gleich um die Ecke", sagte Esbeck. „Aber wie bist du ausgerechnet an meinen Vermieter gelangt?"

„Das war nicht sonderlich schwer. Ich wusste schließlich, dass du etwas in Kleinsassen gefunden hattest, denn die postalische Adresse war in irgendeiner von deinen Mails an mich erwähnt worden, und aus der Internetseite vom Rhön-Touristikverband ging hervor, wie der Besitzer des Domizils am Stellbergweg heißt."

„Alle Achtung!" lobte Marietta Kundzienna. „An Ihnen ist ein Journalist mit beachtlichen investigativen Fähigkeiten verloren gegangen."

„Ach, wer weiß, in was für einem Ministerium er beschäftigt ist", überlegte Brigitte Hausmann laut. „Vielleicht arbeitet er in einer Abteilung, wo man jede Menge Spürsinn benötigt."

Diese Vermutung, dachte Esbeck amüsiert, dürfte der Wahrheit wahrscheinlich ziemlich nahe kommen.

Und zum wiederholten Mal stellte er sich die Frage, auf wessen Gehaltsliste sein Aikidô-Partner eigentlich stand. Mit einem drögen Schreibtischjob verdiente er sich kaum den Lebensunterhalt.

„Wie viel Urlaub hast du herausschlagen können?"

„Ich will die Großzügigkeit meiner Chefs nicht ungebührlich ausnutzen. Bis zu zwei Wochen Ferien sind schon okay", meinte Watanabe-san beiläufig. „Im Augenblick gibt's im Ministerium zwar nicht viel zu tun, aber ab drei Wochen würden die Kollegen schon energisch protestieren."

Was dann wohl auch verständlich wäre! überlegte Klaus Esbeck. Bereits vierzehn Tage hintereinander, offenbar ganz spontan zudem, wer kann sich denn das in einer japanischen Behörde leisten? Es sei denn ... Er musterte Watanabe-san nachdenklich.

Es sei denn, der Rhön-Ausflug hierher nach Kleinsassen war nicht privater Natur.

*

Eine weitere Winterwanderung durch das Dorf blieb Hasso und seinem Leihherrchen erspart, weil Heribert Fladung beide am Stellbergweg absetzte, bevor er Watanabe-san zum Haus Milseburgblick brachte. Mit dem Versprechen, sich am frühen Nachmittag bei Kobayashi-san in der Kunststation zu treffen, trennte man sich.

Erst jetzt fielen die Reifenspuren vor dem Zauntor auf, die nicht vom Land Rover des Vermieters stammten. Jemand war bis dicht vor die Einfahrt gefahren und hatte dann, den Abdrücken nach zu urteilen, dort gewendet.

Als Esbeck das Grundstück betrat, begann Hasso unruhig Witterung aufzunehmen. Dann sah er die Doppellinie im Tiefschnee auch, die zur Terrasse des Kaminzimmers führte. Wer immer ihn in seiner Abwesenheit besucht haben mochte, war nicht darauf erpicht gewesen, seine Visite bequem zu gestalten. Zur nahen Haustür mit der Klingel wiesen keine Fußabdrücke, stattdessen hatte der Besucher den weitaus längeren und beschwerlicheren Weg durch den Garten gewählt. Diese Reifen- und Fußabdrücke, da war sich Esbeck sicher, hatte es noch nicht bei seinem Aufbruch zur Kunststation vor zwei Stunden gegeben, und ein durch eine Umzäunung als Privatgrundstück gekennzeichnetes Gelände zu betreten, ohne zuvor an der Haustür geschellt zu haben, war bestimmt auch in dörflichen Gegenden eine Ausnahme, die sich allerhöchstens ein Nachbar erlauben durfte.

Hasso stürmte voran, Esbeck folgte sorgsamer.

Eine größere plattgetretene Stelle im Schnee verriet, wo der Besucher sich eine Weile auf der unüberdachten Terrasse aufgehalten hatte. Durch die gläserne Wohnzimmertür blickte man genau auf den Kamin mit dem Gemälde daneben. War das Bild von der Wendebuche der Grund des mühsamen Umwegs durch den Tiefschnee im Garten, und falls ja, weshalb? Ein Werk Paul Klübers war bei Sammlern begehrt, aber, wenn man der Einschätzung von Direktor Rundvoigt Glauben schenkte, nicht so wertvoll, dass es einen Diebstahl oder gar Raub lohnen würde. Oder vielleicht doch?

Er untersuchte das Schloss der Tür auf Kratzer und andere Anzeichen eines Einbruchversuchs. Nein, hier von der Terrasse aus hatte keiner versucht, ins Haus zu gelangen. Was also bedeuteten die Spuren, die, hätte es weitergeschneit, ihm bestimmt nicht und Hasso wahrscheinlich auch kaum aufgefallen wären?

Reichlich ominös, dachte Esbeck. Da scheint ein Klüber-Fan erst zu warten, bis ich mit dem Hund weg bin, um sich dann meine Wendebuche anzuschauen.

Dass der ominöse Besucher das Ölgemälde neben dem Kamin nicht bloß durch die Glasscheibe betrachtet, sondern ebenfalls ausgiebig fotografiert hatte, konnte Esbeck selbstverständlich nicht wissen, aber er nahm sich vor, den Vermieter bei Gelegenheit zu fragen, wem alles bekannt war, dass in seinem Bungalow am Stellbergweg ein Originalgemälde des Kleinsassener Künstlers hing.

Irgendwie steckte ihm doch noch ein bisschen die umtrunkfreudige Finissage vom Abend zuvor in den Knochen. Dagegen indes gab es ein seit Jahren erprobtes Heilmittel, das Mittagsschlaf hieß. Esbeck machte es sich auf der Couch im Wohnzimmer gemütlich; Hasso wählte wie stets einen flauschigen Teppich in Kaminnähe.

*

Als Klaus Esbeck die Augen aufschlug, war es noch hell, hatte jedoch wieder stark geschneit. Er trat an die Glastür. Die Fußspuren im Garten und auf der Terrasse waren alle verdeckt. Hasso absolvierte Streck- und Dehnübungen, quasi eine Art von Hunde-Yoga oder Hunde-Pilates, bevor er herzhaft gähnte und zum Fressnapf in die Küche tappte. Da die Schüssel leer war, kehrte er ins Wohnzimmer zurück. Es folgte das wohl einstudierte Programm von adäquatem Hypnoseblick. Selbstverständlich bekam der Setter ein Leckerli.

Ein Blick auf die kleine Wanduhr über dem Klüber-Bild belehrte Esbeck, dass es Zeit für das Treffen mit seinen japanischen Freunden war.

„Na, wie wär's mit Gassi, Monsieur?"

„Wuff!"

Die Reifenabdrücke vor dem Zauntor, die der Land Rover von Heribert Fladung und das Auto des rätselhaften Besuchers gepflügt hatten, konnte er kaum noch erkennen.

Bis der Stellbergweg auf die Straße Am Kies stieß, gestaltete sich das Vorankommen wie bereits am Vormittag, aber ab dort hatten die Anwohner zumindest dafür gesorgt, dass man sich fortbewegen konnte, ohne gleich in den Verwehungen zu versinken. Was der Vierbeiner liebte, gefiel dem Zweibeiner wegen seines inadäquaten Schuhwerks nicht sonderlich. Ab der Biebertalstraße war ein Räumkommando der Straßenmeisterei bis in die Dorfmitte gelangt und die Fahrbahnmitte weitgehend frei. Auch auf dem Parkplatz der Kunststation hatte jemand fleißig Schnee gefegt. Die weiße Hügellandschaft der dort abgestellten Autos wies im Vergleich zum Vormittag mehrere Lücken auf.

Kobayashi-san und Watanabe-san saßen als einzige Gäste im Café. Wie mochte die nette Frau hinter dem Tresen, die Hasso routineverdächtig mit ein paar Bröckchen Hundekuchen erfreute und von der Esbeck wusste, dass sie in Danzwiesen im Osten am Fuß der Milseburg wohnte, es bloß geschafft haben, an ihren Arbeitsplatz zu kommen? Auf Skiern?

„Die beiden Damen von der Presse und Direktor Rundvoigt haben vorhin die Gunst der Stunde genutzt, als die Räumfahrzeuge anrückten", empfing Kobayashi-san seinen Kamakuraner Nachbarn.

„Eine weise Entscheidung", sagte Kenji Watanabe, der durch das Panoramafenster kritisch auf die wieder dicht fallenden Flockenwirbel schaute, die das Rhöndorf von Neuem von der Außenwelt abzuschneiden drohten. „Ich bezweifele, dass sie jetzt noch so problemlos von hier wegkämen, zumal es demnächst dunkel wird."

Klaus Esbeck sah, was seine Freunde tranken, zögerte einen Moment und bestellte dann ebenfalls einen Grog. „Kennt einer von euch zufällig den Roman ‚Der verlorene Horizont'?"

„Ja. James Hiltons Shangri-La-Utopie. Der überwiegende Teil der Handlung findet in Tibet statt, in einem isolierten Himalaja-Tal. Dort will eine Klostergemeinschaft im Falle eines globalen Kriegs das gesamte Menscheitswissen bewahren helfen, auch auf den ersten Blick Überflüssiges wie beispielsweise seltene Chopin-Sonaten oder Biografien von in Vergessenheit geratenen Literaten", antwortete Watanabe-san.

„Also durchaus vergleichbar, wie man hier in der Kunststation das Andenken lokaler Künstler pflegt?" fragte der Stipendiat.

„So in etwa", sagte Esbeck. „Nur dass es selbstverständlich beachtliche Unterschiede im Grad der Abgeschiedenheiten zwischen einem Rhön-Weiler und dem Refugium von Shangri-La gibt."

Kobayashi-san sah durch das Panoramafenster. „Das mag sein, aber von aller Außenwelt isoliert sind wir jetzt wohl auch ein wenig." Wie zur Bestätigung seiner Worte löste sich in diesem Augenblick ein Schneebrett vom Dach der St. Laurentius Kirche und rutschte in den Friedhof.

Hasso hatte in Watanabe-san einen weiteren Fan gefunden. Der Setter lag wohlig auf dem Rücken und ließ sich den Bauch kraulen.

Alle hatten bislang miteinander Deutsch gesprochen, plötzlich wechselte Watanabe-san mit einer Kopfbewegung zum Cafétresen hin, wo die Bedienung soeben eine Kuchenplatte in Frischhaltefolie wickelte, ins Japanische.

„Man kann nie wissen! Neben mir im Flugzeug saß eine Frau aus Uganda und las ganz selbstverständlich die Asahi Shinbun."

„Keine Sorge, außer Sushi, Geisha und Fudjiyama versteht sie kein Wort", beruhigte ihn der alte Schulfreund.

„Gut." Kenji Watanabe lehnte sich auf seinem Stuhl zurück und verschränkte die Arme vor der Brust, als würde er in Kamakura einer Anfängergruppe die Dōjō-Etikette während des Trainings erklären. Wie man sich auf der Matte korrekt verbeugte, wie man den Übungsleiter grüßte und so weiter. Esbeck und Kobayashi-san sahen ihn erwartungsvoll an.

Ihr Freund räusperte sich. „Ich glaube, ich bin euch eine Erklärung schuldig. Bestimmt habt ihr euch schon gefragt, warum ich ausgerechnet hier aufkreuze."

„In der Tat", sagte Esbeck.

„Die eine oder andere Überlegung habe ich deswegen schon angestellt", verkündete Kobayashi-san. „Den spontanen Entschluss, ausgerechnet im Winter in der Rhön Urlaub zu machen, nehme ich dir einfach nicht ab. Da muss es doch einen anderen, einen gewichtigeren Grund geben."

„Das denke ich auch", pflichtete Esbeck ihm bei.

Watanabe-san nickte. „Ihr habt natürlich richtig getippt." Er steckte eine Hand in die Hosentasche, zog sie zur Faust geschlossen hervor und legte sie auf die Tischplatte. Langsam öffnete er die Finger.

„Ich glaub, ich träume!“ entfuhr es Esbeck.

„He, das ist doch, das ist doch ...!“ stotterte Kobayashi-san.

In Watanabe-sans Handfläche glänzte eine goldene keltische Münze, ein sogenanntes Regenbogenschüsselchen, das ein galoppierendes Pferd über einem achtspeichigen Rad zeigte.

Seine Finger formten sich in Zeitlupe wieder zur Faust. „Ihr seht richtig, aber kein Geldstück aus der hiesigen Region – so wie von Paul Klüber auf dem Stillleben in Fujisawa dargestellt –, sondern, und das haben mir mehrere Experten unabhängig voneinander versichert, eine gallo-belgische Prägung vom Stamm der Remer. Nichtsdestotrotz war diese Münze mehr oder weniger der Grund für mein Kommen.“ Kenji Watanabe verstaute die antike Kostbarkeit wieder in der Hosentasche.

„Du solltest mir bei Gelegenheit das Regenbogenschüsselchen einmal für ein Experiment leihen.“ Kobayashi-san grinste breit. „Wenn tatsächlich eine Verbindung zwischen dem keltischen Universum und der Jômon-Kultur existiert, so wie es meine Künstlerkollegin Frau Mori schließlich behauptet, dann dürfte die heilige Quelle in unserem Zen'i-arai Benten sicherlich der rechte Ort sein, um das Geldstück dort zwecks Vermehrung zu waschen. Ich wäre dann immerhin in Zukunft alle finanziellen Sorgen los.“

Der Zen'i-arai Benten, der „Geldwasch-Schrein“, war mit Sicherheit das populärste Ziel der Touristen in Kamakura. Vom Bahnhof an säumten rechts und links der Straße riesige Hinweistafeln den Weg, so dass der Geldwaschpilger den Ort seiner religiösen Betätigung nicht verfehlen konnte.

„Noch 1,3 Kilometer bis zu Zen'i-arai Benten“, „Noch 1,2 Kilometer ...“, „Noch 0,9 ...“, „Noch ...“

Aus unzähligen sichtbaren und noch mehr versteckt angebrachten Lautsprechern im Schrein-Tal rieselten rituelle Weisen. In einer Grotte, wo die wunderwirkende, geldvermehrende

Quelle sprudelte, pflegte man Münzen, Scheine und sogar Kreditkarten in Bambuskörbchen zu legen und unter dem adäquaten Gemurmel von Gebeten in dem potenten Wasser zu schwenken. Anschließend wurden die von der Göttin Benten geweihten Zahlungsmittel in den Weihrauchschwaden großer Metallbecken getrocknet.

„Ein Test wird bestimmt nichts schaden", sagte Esbeck. „Obgleich alle meine Versuche, auf diese Art zu Reichtum zu gelangen, kläglichst gescheitert sind." Dann kniff er die Augen zusammen. „Aber vielleicht könntest du uns erst einmal aufklären, für was für eine Behörde du eigentlich jobbst, das wäre doch bloß recht und billig, oder?"

„Du hast ein Büro im Innenministerium, bist aber gleichzeitig für das Wissenschafts- und Kultusministerium tätig, in einer Abteilung namens Agentur für Zusammenarbeit, falls ich mich recht erinnere. – Nur worin diese Zusammenarbeit besteht, darunter kann ich mir herzlich wenig vorstellen", äußerte Kobayashi-san die gleiche Bitte, wenn auch ein bisschen verklausulierter.

Watanabe-san seufzte. „Ich habe Fragen in der Art erwartet und will sie euch gerne beantworten, soweit es mir erlaubt ist. Die Agentur für Zusammenarbeit ist eine höchst sensible Einrichtung, falls ihr mich versteht."

„Geheimdienst?" fragte Esbeck unumwunden.

„Oder ein Sonderermittlungsdienst der Polizei oder Justiz?" fragte Kobayashi-san.

Watanabe-san seufzte erneut. „Ich bitte dennoch um euer Wohlwollen, wenn ich genau darauf nicht antworten darf."

„Womit an und für sich alles gesagt ist", schlussfolgerte der Stipendiat und grinste. „Fühl dich also nicht genötigt, uns mehr über deinen Arbeitgeber beziehungsweise deine Arbeitgeber zu erzählen."

„Geht schon okay, mein Lieber“, meinte auch Esbeck, der gleichsam begriff, dass weiteres Drängen eh nicht fruchten würde.

Watanabe-san bedankte sich bei seinen Freunden für das Verständnis.

Die Frau am Kuchentresen begann aufzuräumen. Weitere Gäste waren bei diesem Wetter kaum noch zu erwarten, so sich denn nicht ein verfrorener Eisbär auf der Suche nach einem heißen Getränk ins Café verirren würde. Unterdessen hätte draußen ohne die Schneemassen jetzt völlige Dunkelheit geherrscht, aber die weiße Fläche reflektierte genügend die Lichter der Kunststation und der umliegenden Gebäude.

„Lasst uns zu mir ins Atelier gehen“, bot Kobayashi-san an, „dann kann die Frau hier dichtmachen.“

Watanabe-san ging allzu bereitwillig auf den Vorschlag ein, offenbar war es ihm lieber, außer dem Aikidô- und Klassenkameraden keine Gesprächszeugen zu haben. Erst später sollte Esbeck begreifen, weshalb, denn es kamen Namen und Orte zur Sprache, die gegebenenfalls auch Sinn für jemanden ohne Japanischkenntnisse ergaben.

Selbstverständlich begleitete Hasso die drei Herren in den Gästetrakt.

In der Stipendiatenwohnung – und über etlichen Flaschen aus Kobayashi-sans Weindepot – begann Kenji Watanabe zu sprechen. Sogleich entschuldigte er sich, dass er wahrscheinlich weit ausholen müsste, weil die Materie sehr komplex wäre.

„Nur zu!“ ermunterten ihn Esbeck und Kobayashi-san. „An unserer Ungeduld soll dein Monolog nicht scheitern.“

Und ein Monolog wurde es größtenteils. „Der illegale Kunstmarkt in Japan floriert weiterhin munter. Ich gebe euch mal ein Beispiel, wo es ausnahmsweise dank eines Hinweises von einem der Mitarbeiter aus meiner Behörde geglückt ist, Hehlerware zu beschlagnahmen, darunter Exponate, die vor Jahren einem Museum in Australien unter nie gänzlich geklärten Umständen abhanden gekommen sind. Ein einflussreicher Gangsterboss in Ôsaka, der historische Münzen aus aller Welt sammelt, beging die Nachlässigkeit, diese auf einer Party zu zeigen, wohl um damit Eindruck zu schinden. Selbstverständlich waren nur Personen seines Vertrauens zu der Feier eingeladen. – Nun ja, dachte er zumindest. Seine exquisite Leidenschaft teilt er jedenfalls mit anderen begüterten Numismatikern im Land; nur haben viele betuchte Sammler ihm gegenüber den Vorteil, ordnungsgemäß versteuertes Geld zu besitzen. Jedenfalls brauchen sie ihre Erwerbungen nicht vor dem Finanzamt zu verstecken. Unlauter erworbenes oder an der Steuer vorbeigeschleustes Geld hingegen kann bloß begrenzt offen ausgegeben werden, was diesen Herrn aus Ôsaka allerdings mit etlichen schwerreichen Leuten verbindet. Besonders die finanziellen Reserven gewisser Firmen sind wenig gesetzeskonform – und vergesst bitte nicht, für staatliche Ermittlungen in Sachen Schwarzgeld kommt erschwerend hinzu: Teile der Wirtschaft und organisiertes Verbrechen haben sich in Japan stets blendend zu arrangieren gewusst."

Klaus Esbeck, der bei dem Anschlag auf die Kunststation diesbezüglich reichlich eigene Erfahrungen sammeln durfte, konnte Watanabe-sans Ausführungen nur zustimmen. „Das Regenbogenschüsselchen in deiner Hosentasche, war das eines der besagten Objekte?"

„Ja."

„Und die anderen?"

„Einige sehr alte chinesische Goldstücke sowie eine Münze, die garantiert nicht in China verlustig gegangen war. Es handelt sich um einen fast unbezahlbar kostbaren Kupferling der ersten japanischen Prägeperiode, eine sogenannte Fuhonsen-Münze vor der Nara-Zeit, also noch vor 710 nach Christus. Im Grunde genommen war es dieses beschlagnahmte Geldstück und nicht das Regenbogenschüsselchen, das den Stein unserer gebündelten Nachforschungen ins Rollen gebracht hat."

Weder Esbeck noch Kobayashi-san hakten nach, auf wen sich dieses „unser" beziehen könnte, weil sie spürten, dass ihre Frage eine unsichtbare Grenzlinie berührte, die Watanabe-san nicht zu überschreiten gewillt war.

Wenn man ihm die Erlaubnis gegeben hat, ein wichtiges Beweisstück wie das keltische Geldstück ins Ausland mitzunehmen, dann spricht das für eine enorme Machtbefugnis seiner Behörde, schoss es Esbeck plötzlich durch den Kopf. Für eine Omnipotenz mithin, die garantiert über die nötigen Mittel verfügt, jedwede Unbotmäßigkeiten von Mitarbeitern zu ahnden. Was sein Aikidô-Partner indes mit dem beschlagnahmten Goldschüsselchen in Deutschland vorhatte, sollte er sich allerdings in Zukunft wiederholt fragen.

„Ich weiß noch genau, welchen Medienrummel die Entdeckung der Fuhonsen-Münzen entfachte", sagte Kobayashi-san. „Presse, Radio, Fernsehen haben sich mit den Meldungen tagelang geradezu überschlagen."

Watanabe-san nickte. „Nicht grundlos. Es wurden zwar nur dreiunddreißig Exemplare auf der Grabungsstätte gefunden, aber das Echo auch in der archäologischen Fachwelt war deshalb so gewaltig, weil man bislang davon ausging, dass die ersten Geldstücke Japans aus der Nara-Zeit stammten. Alle dreiunddreißig Exemplare sind übrigens noch im Besitz staatlicher Museen."

„Ja, aber das bedeutet doch ..." Esbeck stellte abrupt sein Weinglas ab.

„Volltreffer, Kurausu-san! Nummer vierunddreißig befand sich in der Sammlung des Yakuza-Bosses."

Kobayashi-san beugte sich über die Tischplatte. Sein Blick fixierte den Klassenkameraden. „Und woher, bitte, hatte er sich das Exemplar beschafft? Wohl kaum legal."

„Auch ins Schwarze getroffen!" Kenji Watanabe griff nach der Weinflasche und schenkte sich selbst nach, was in der Gesellschaft anderer in Japan als ein Zeichen von Trunksucht ausgelegt wurde, hier in der Stipendiatenwohnung indes bestimmt eher einer gewissen Anspannung geschuldet war. Die Ermittlungsgeschichte, die Watanabe-san den beiden Freunden erzählte, rechtfertigte durchaus seine Nervosität, denn schließlich musste er darauf achtgeben, nicht mehr zu verraten, als ihm von offizieller Seite gestattet war. „Da Sachverständige die Echtheit der Kupfermünze bestätigen konnten, läuteten bei mir alle Alarmglocken. In unserer Abteilung war bereits seit geraumer Zeit der Verdacht aufgekommen, dass bei einigen archäologischen Ausgrabungen Fundstücke verschwunden sein mussten, die später an den ungewöhnlichsten Orten wieder aufgetaucht waren – wie eben diese Fuhonsen-Münze in Ôsaka."

„Das Zeichen ‚sen' wird ‚Münze' oder ‚Geldstück' bedeuten. Aber wie schreibt sich ‚fuhon'?" fragte Esbeck.

„‚Fu' wie ‚Wohlstand', ‚Reichtum' oder ‚Prosperität', ‚hon' ist das Zeichen für ‚Ursprung'", wurde ihm erklärt. „Diese beiden Zeichen findet man auf den Kupferlingen, daher der Name. Wer es sich leisten kann, Unsummen für durchweg immens wertvolle antike numismatische Raritäten – wie auch ein keltisches Regenbogenschüsselchen – hinzublättern, gehört jedenfalls nicht zu den Armen Nippons, und dringend sozialhilfebedürftig ist ein Yakuza-Bandenchef ja wohl nie."

„Der gute Mann ist doch nach dem Vorfall bestimmt aus dem Verkehr gezogen worden", sagte Kobayashi-san.

Esbeck lachte bloß über die Naivität seines Nachbarn, Watanabe-sans Miene hingegen verdüsterte sich. „Der gute Mann hat noch während der Beschlagnahmung ein Heer von Anwälten aktiviert, das die Polizeiaktion und die Durchsuchung seiner Villa zwar nicht verhindern konnte, aber selbstredend dafür sorgte, dass gegen den Herrn Sammler kein Haftbefehl erging."

„Leider die übliche Geschichte", sagte Esbeck in Erinnerung an vergangene Erfahrungen bezüglich finanzkräftiger Gangster-Bosse.

„Leider!“ wiederholte sein Aikidô-Partner. „Immerhin haben wir, wenn auch keine letztlich justiziablen Tatbestände, einige wertvolle Erkenntnisse über die Machenschaften gewisser Kunsthehlerkreise gewonnen. In der Umgebung von Hiroshima, Kôbe und Kyôto fanden mehrere Ausgrabungen statt, wo unterschiedlichste Artefakte aus der Fuhonsen-Münzen-Zeit gefunden wurden, nie jedoch Exemplare der Geldstücke selbst. Und dann stellten wir Nummer vierunddreißig sicher.“

„Ich verstehe, worauf du hinauswillst“, sagte Kobayashi-san.

„Ist doch auch glasklar“, sagte Esbeck. „In den Ausgrabungsteams gab es ein schwarzes Schaf, das sich vermutlich mächtig bereichern konnte.“

„Eher gab es mehrere.“ Watanabe-san hüstelte, hatte sich am Wein verschluckt. „Aber wir sind ihnen auf den Fersen. Obgleich heutzutage fast alles digitalisiert abgespeichert ist, wird es dennoch dauern, bis wir sämtliche Fäden geordnet haben. Meine Abteilung ist trotzdem sehr optimistisch, weil endlich konkrete Schritte unternommen werden können. Uns fiel nämlich bei der Durchsuchung eine Expertise in die Hände, die die Echtheit des keltischen Goldstücks auf Deutsch und Englisch bescheinigte. Von einem Frankfurter Professor, eine Kapazität auf dem Gebiet der Keltologie. Da er momentan hier in Hessen bei einem UNESCO finanzierten internationalen Großprojekt mitwirkt, dachte ich, ich schaue mir den Herrn mal unauffällig an und verbinde außerdem meine Dienstreise mit einem Besuch bei euch.“

„Aha, du hast also geflunkert, als du uns vorhin aufzubrauchende Bonusmeilen und einen Spontanurlaub weismachen wolltest“, sagte Esbeck.

„Ich hielt es für ratsamer, vor den beiden Journalistinnen nicht über den tatsächlichen Grund meines Kommens zu reden. Ich zog es vor, ... wie sagt man doch gleich? Ich habe mir die Freiheit genommen, die Wahrheit ein wenig zu korrigieren.“

„Wirklich nett ausgedrückt, aber wieder gelogen. Du hättest auch einen Flieger nach Deutschland genommen, wenn weder ich noch Klaus hier gewesen wären, um diesen Wissenschaftler unter die Lupe zu nehmen. Gib's einfach zu!"

Watanabe-san seufzte. „Vermutlich stimmt das. Ich weiß es aber sehr zu schätzen, dass sich zwei Personen meines Vertrauens ausgerechnet dort aufhalten, wo ich hochsensible Recherchen unternehmen muss."

Plötzlich klatschte Esbeck in die Hände, und Hasso richtete sich erschrocken auf. „Sag mal, mein Lieber, hieß der Keltologe, der die Expertise geschrieben hat, zufällig Neumann, Richard Neumann?"

Kenji Watanabe, der nach seinem Weinglas greifen wollte, verharrte mitten in der Bewegung und sah mindestens so verblüfft aus wie seine Freunde, als er am Vormittag vor der Kunststation aus Heribert Fladungs Land Rover geklettert war. „Ja, das war der Name, Professor Dr. Richard Neumann. Woher zum Teufel ...?"

Esbeck bedeutete Kobayashi-san mit einer Kopfbewegung, seinem Schulfreund zu antworten.

„Wenn du wirklich nur angereist bist, um dir ein Bild von Neumann zu machen und um womöglich sogar mit ihm zu sprechen, dann hast du deine Zeit vergeudet. Neumann hatte gestern Nacht einen Autounfall. Er ist tot."

Niemand sprach ein Wort, was den Setter genauso zu irritieren schien wie Esbecks Händeklatschen. Er kringelte sich erst wieder zu dessen Füßen, als Watanabe-san langsam den Kopf schüttelnd mit ruhiger Stimme protestierte: „Dass ich den Professor nicht mehr persönlich befragen kann, ist natürlich höchst bedauerlich, dennoch gedenke ich meine Zeit mit Sicherheit hier weder zu vergeuden noch zu vertrödeln."

„Aus dieser Bemerkung schließe ich, dass man wegen der – wie drücktest du dich aus? – Komplexität der Materie noch weitere Erläuterungen deinerseits zu erwarten hat", sagte Kobayashi-san.

„Wir sind somit also sehr gespannt", sagte Klaus Esbeck.

11. Kapitel

Watanabe-sans Auftrag

„Manchmal ergeben sich im Leben Zufälle, die man vermutlich nie gezielt so inszenieren könnte. Das Ausstellen des Stilllebens mit den Regenbogenschüsselchen in Fujisawa war solch eine Koinzidenz, deren Relevanz erst im Nachhinein verständlich wird. Du, Kurausu-san, gabst mir damals die Idee, mich nach dem Besitzer der Leihgabe in der Yamaguchi Galerie zu erkundigen."

„Richtig. Was ist daraus geworden?"

„Ich habe natürlich nachforschen lassen, von wem das Bild der Galerie zur Verfügung gestellt wurde. Der Name des Leihgebers – Ken Yamada, ein japanischer Allerweltsname wie in Deutschland Klaus Müller – war ganz offenbar ein Pseudonym, denn auch die angegebene Wohnadresse in Yokohama existierte nicht. Als wir in Ôsaka auf die Fuhonsen-Münze stießen, haben wir anfänglich dem keltischen Goldstück nicht die nötige Aufmerksamkeit gewidmet, bis ich von Kobayashi-san von den Goldschüsselchen auf dem Klüber-Gemälde erfuhr. Daraufhin setzte ich meine besten Web-Rechercheure auf die Themenkreise Kelten, Archäologie, antike japanische Münzfunde und dergleichen an. Ich will mich kurz fassen. Das Internet bietet zuweilen fantastische Möglichkeiten. Je nach Fragestellung tauchten irgendwann immer wieder die gleichen Namen auf, darunter auch der von Professor Neumann."

„Das verwundert kaum, er ist", Esbeck korrigierte sich augenblicklich, „ich meine, *war* einer der führenden Kapazitäten auf seinem Gebiet."

„Bestimmt! Als Sachverständiger hat er nämlich auch Expertisen für einen US-amerikanischen Münzsammler geliefert, der jetzt von Interpol wegen illegaler Aktienverkäufe in den Nahen Osten gesucht wird, und ein Ölmagnat aus Russland, der ebenfalls dem Hobby der Numismatik verfallen ist, korrespondierte regelmäßig via Skype mit ihm. Die Liste ließe sich beliebig verlängern."

„Himmel, wie ist es dir denn gelungen, an Inhalte von Skype-Telefonaten zu gelangen?"

„Nun, das war relativ leicht dank der – äh – Amtshilfe einer befreundeten Behörde."

Esbeck und Kobayashi-san gaben sich mit dieser Antwort zufrieden, denn da war sie wieder, die unsichtbare Grenzlinie, hinter der sich ihr Freund verschanzt hielt oder verschanzt halten musste.

„Professor Neumann jedenfalls", fuhr Watanabe-san fort, „erweckte unser Interesse verstärkt, als durch das Abgleichen einiger Datensätze herauskam, dass er seit Jahren an UNESCO-Projekten mitwirkte, in die auch japanische Archäologen eingebunden waren; darunter Wissenschaftler, die zu den Teams gehörten, die in Hiroshima, Kôbe und Kyôto nach Artefakten aus der Vor-Nara-Periode gegraben hatten."

„Ein UNESCO-Projekt, in das Neumann mit mehreren japanischen Wissenschaftlern involviert war, findet momentan hier in der Rhön auch statt", sagte Esbeck.

Aber das wusste sein Aikidô-Partner natürlich schon. Als er eine Reihe von Namen nannte, schüttelte Esbeck nur mit dem Kopf.

Auch Kobayashi-san kannte sie nicht. „Gesehen habe ich von denen noch keinen, aber gehört schon."

Watanabe-san legte die Stirn in Falten. „Wie darf ich das verstehen?"

Man berichtete ihm von dem Telefonat, das Professor Neumanns ganz offenbar japanischer Begleiter am Abend der Finissage geführt hatte, bevor der Wendebuchen-Unfall passiert war.

Bei dem Wort „Unfall" vermeinte Esbeck eine leichte Irritation in Watanabes Gesicht wahrzunehmen, und er hatte sich nicht getäuscht.

„Leute, die wie Professor Neumann mit russischen Millionären und mit unserer einheimischen Mafia Kontakte pflegen, Kurausu-san, sind geradezu prädestiniert, in Unfälle aller Art verwickelt zu werden. Mal fällt ein Föhn in die Badewanne, mal tritt jemand bei einer Gebirgswanderung im Kaukasus fehl, Bremsleitungen können manipuliert werden, oder die Lenkung reagiert erratisch ..."

Watanabe-san schien entweder über eine blühende Fantasie oder eine reiche Erfahrung zum Thema Unfallursachen zu verfügen.

Professor Neumanns Ableben sollte indes seine Vorstellungskraft um eine Variante bereichern: Laut Autopsiebefund hatte der Wissenschaftler an der Wendebuche einen Herzinfarkt erlitten und war dadurch mit dem Skoda Yeti von der Fahrbahn abgekommen. Dem Genickbruch beim Überschlagen des Wagens, den der Rettungssanitäter als Todesursache angegeben hatte, war das Herzversagen vorausgegangen, lautete tags darauf eine polizeiliche Mitteilung in der Fuldaer Zeitung.

Anton Rundvoigt wusste mehr. Polizeikommissar Freitag hatte ihn angerufen und sich nach der Getränkerechnung von Professor Neumann im Kunststationscafé erkundigt. Sie war bescheiden gewesen: eine Weißweinschorle, eine Tasse Kaffee und ein Glas Mineralwasser. Die Bedienung konnte sich noch genau daran erinnern, dass Kaffee und Mineralwasser „für den Herrn aus Fernost" geordert worden waren. Auf den Herzinfarkt des Wissenschaftlers angesprochen, war der Polizeibeamte dann recht einsilbig geworden, meinte der Direktor. Watanabe-san lieferte für dessen Verhalten eine plausible Erklärung: „Was polizeilicherseits an die Presse geht und in welche Richtung die tatsächlichen Ermittlungen verlaufen, sind zwei Paar Schuhe. Mir fallen spontan fünf verschiedene Methoden ein, wie man eine Herzinsuffizienz provozieren kann, ohne dass ein Pathologe bei einer Obduktion etwas bemerkt. Die gezielten Fragen dieses Kommissars sind ein untrügerisches Zeichen, dass die Polizei nicht mehr an ein natürliches Organversagen glaubt."

Watanabe-san schien, wie gesagt, über einen reichen Erfahrungsschatz zum Thema Unfallursachen zu verfügen.

Die kommenden Tage brachten nur geringen Wetterwechsel. Heribert Fladung nahm Kenji Watanabe nach Fulda mit, und der Japaner kehrte drei Stunden später mit einem kleinen Suzuki-Jeep nach Kleinsassen zurück. Die Hauptverbindungswege zwischen den Dörfern waren wieder gut passierbar, sich aber anderswo mit einem normalen Pkw ohne Allrad oder Schneeketten auf die Straßen zu wagen, blieb weiterhin ein abenteuerliches Unterfangen. In Watanabe-sans erfreulich geländegängiger Reisschüssel – so der O-Ton von Esbecks Vermieter, einem eingeschworenen Land Rover-Fan – erkundete man zu viert die nähere Umgebung, zu viert, da Hasso bei den kurzen Ausflügen nie fehlte.

„Weißt du, wo unsere Landsleute untergekommen sind?" fragte Watanabe-san den Stipendiaten.

„Keine Ahnung, aber Herr Fladung wird dir da sicher weiterhelfen können."

Zwei Tage darauf verfügte er über eine komplette Liste mit den Adressen der japanischen Wissenschaftler in der Rhön, die an dem UNESCO-Projekt „Schnittpunkte der Geographie bedeuten Schnittpunkte der Archäologie" beteiligt waren. Hinter den acht aufgeführten Personen stand in Klammern das jeweilige Betätigungsfeld, aber leider nie der akademische Titel.

Von den Nachnamen dieser Geographen, Geologen und Archäologen fiel keiner aus dem Rahmen. Als in der Meiji-Zeit alle Japaner einen Familiennamen wählen mussten, nahmen die meisten Leute einfach eine lokale Bezeichnung aus ihrer heimatlichen Lebenswelt an. In einer überwiegend agrarischen Bevölkerung lauteten die Resultate der Wahl deshalb: Bergfeld (Yamada), Flussufer (Kawabata), Steinbrunnen (Ishii), am Fuße des Schreins (Miyamoto) oder so ähnlich. Die aus der Automobilindustrie vertrauten Marken Honda (Hauptfeld), Suzuki und Toyota waren dafür gute Beispiele. Bei den wenig einfallsreichen Familiennamen des Durchschnittsjapaners ermöglichte zwar eine unkonventionelle Schreibweise eine Differenzierung, aber weil es nach deutschem Standard in Nippon sozusagen nur Müllers, Lehmanns und Meiers gab, wäre damit auch nicht viel gewonnen gewesen. Watanabe-san mailte die Liste folglich seinen Web-Spezialisten.

*

Watanabe-san und Kobayashi-san blieben in der Kunststation, während Klaus Esbeck mit dem Setter zum Stellbergweg ging.

Deutschland war ein Wintermärchen, und am Ende ihrer Tiefschneewanderung wartete eine behagliche Behausung mit bald knisterndem Kaminfeuer und eine wohlgefüllte Vorratskammer. Der Abendimbiss für den Zweibeiner bestand aus Lammbratwürsten von in der Region aufgezogenen Schafen, Bratkartoffeln und eingelegten Gurken – ein weiteres homemade-Präsent von Frau Fladung. Hasso bekam einen extragroßen Kauknochen.

Mit einer Flasche Rotwein und den Büchern vom Ulenspiegel in Reichweite machte es sich Esbeck auf dem Ecksofa im Wohnzimmer bequem.

Paul Birkenbachs „Künstlerleben – Lebenskünstler" und Wolfgang Meids „Die Kelten" hatte er mehr oder minder parallel studiert. Von Birkenbachs Werk harrten bloß noch wenige Seiten der Lektüre, auf denen – er hatte sie bereits kurz überflogen – der Autor unter anderem auf Paul Klübers Schicksal in den letzten Monaten des Zweiten Weltkriegs einging.

Als er das Buch schließlich weglegte, war er irgendwie doch erstaunt, dass Birkenbach keinen einzigen Satz über die berühmten keltischen Wallanlagen oberhalb des Malerdorfs verloren hatte, geschweige denn über die antiken Goldmünzen in Paul Klübers Stillleben. Aber dann sagte er sich, dass der Autor aller Wahrscheinlichkeit nach von diesem Bild, welches laut Direktor unmittelbar vor Klübers Einzug zur Wehrmacht entstanden sein musste, schlicht und einfach nichts gewusst hatte.

Esbeck starrte das Wendebuchen-Gemälde neben der Kaminöffnung an. Fragen über Fragen stürzten auf ihn ein, Fragen, auf die es schwerlich Antwort gab. Wie und wo der Kleinsassener Autodidakt, ein überzeugter Pazifist und Nazigegner, in den letzten Kriegswochen zu Tode gekommen war, dürfte auf ewig unergründet bleiben, ein nicht lösbares Rätsel wie das Auftauchen des Regenbogenschüsselchen-Stilllebens in einer japanischen Galerie. Und auch das Geheimnis, weshalb Klüber nicht bereits in früheren Schaffensperioden mit bildnerischen Zitaten auf die keltische Vergangenheit seiner Heimat eingegangen war, würde man wohl nie lüften.

Klaus Esbeck griff nach der Rhön-Wanderkarte neben den Büchern. Sie waren bei ihrem heutigen Ausflug zu der Straßenabzweigung gefahren, wo es geradeaus hinunter nach Oberbernhards und rechterhand nach Danzwiesen ging, zu der Stelle, die immer noch als Wendebuche bekannt war. Direktor Rundvoigt hatte zwar gesagt, die Originalbuche wäre gefällt worden, aber Kobayashi-san hatte sich mehrere Klüber-Bilder im Internet angeschaut und war danach überzeugt gewesen, dass der Künstler verschiedene Bäume mit Wendebuche betitelt hatte. Sie hatten also gehofft, eine der Klüberschen Buchen zu finden. Leider mit unbefriedigendem alldieweil inflationärem Ergebnis, denn alte, eindrucksvolle Buchen mit stumpfwinklig abgespreizten Ästen standen dort reichlich. Esbeck hatte mindestens zehn in Frage kommende Exemplare gezählt.

Aus dem Weiler Danzwiesen im Osten der Milseburg führte eine Straße hoch zum Ringwallrest der Keltenfeste. Die tapfere, kleine Reisschüssel hätte die Strecke bestimmt noch mit Ach und Krach bewältigt, aber ihrem Chauffeur Watanabe-san war beim Anblick der meterhohen Schneeverwehung vor der Kühlerhaube dann doch der Mut abhanden gekommen.

Esbeck suchte auf der Wanderkarte in etwa die Stelle, wo der Suzuki-Jeep gewendet hatte. Nicht weit davon entfernt war die Gänsborn-Quelle, eine der Wasserstellen des Oppidums. An diesem Ort, so schrieb der Autor Birkenbach in „Künstlerleben – Lebenskünstler", wäre Klüber ein Jahr vor seiner Militärverpflichtung mit einem Anblick konfrontiert worden, der den Maler über alle Maßen schockiert hatte: Eine Ju 52 der Luftwaffe war wegen schlechter Sicht in die Bergflanke gerast. Birkenbach, in dessen Elternhaus der Maler das Atelier besaß, hatte sich mit Klüber zur Absturzstelle aufgemacht und in der zertrümmerten Maschine die angeschnallte und blutverschmierte Leiche eines Besatzungsmitglieds gefunden. Dem Künstler war augenblicklich derart übel geworden, dass er sich erbrechen musste. Dann war er davongerannt und tagelang verschwunden. Später erfuhren sie, dass die anderen drei Insassen der Maschine sich schwerverletzt nach Kleinsassen, Danzwiesen und zum Bubenbader Stein durchschlagen konnten und überlebt hatten. So schildert der Autor es jedenfalls dem Leser, und die Beschreibung klingt verlässlich. Aber wo hatte Klüber sich in der Zeit nach dem Absturz der Junkers aufgehalten? In Kleinsassen und Dörfern der näheren Umgebung zumindest nicht, dort kannte man ihn.

Auch das bleibt ein Rätsel, das er mit ins Grab genommen hat, dachte Esbeck, ein blinder Fleck in seiner Biografie, wie die verblüffende Tatsache, noch kurz vor der Einberufung erstmals ein Bild mit keltischen Stilelementen gemalt zu haben.

Und dann war da noch etwas. Warum hatte Birkenbach die Quelle, in deren Nähe die Maschine abgestürzt war, Geisborn genannt, wo man sie doch auf dem Führungsblatt zu dem keltischen Oppidum bei Hofbieber-Danzwiesen als den Gänseborn eingezeichnet hatte?

Esbeck blieb auch als Übersetzer im Ruhestand zwangsläufig ein akribischer Leser, und die verschiedenen Namen für die Wasserstelle irritierten ihn schlichtweg. Bestimmt nur irgendein blöder Lektoratsfehler, war sein letzter Gedanke, bevor er einschlief.

In der Nacht wurden die zwei- und vierbeinigen Bewohner des Bungalows am Stellbergweg von Albträumen heimgesucht.

Hasso rannte um sein Leben. Ein riesiger Waschbär, vor dem jeder ausgewachsene Grizzly erbleicht wäre, saß als oberster Feldherr auf der Milseburg und hatte seine Truppen ins Gefecht geschickt. Eine Horde von Dachsen, die die Größe von Wildsauen hatten, verfolgte den Setter. Ein Gordon Setter ist schnell und wendig, aber der vorderste Monsterdachs, Chef der Verfolger, kam bedrohlich näher und näher ...

Esbeck hingegen wollte soeben zwecks Geldvermehrung mit einem blitzenden Regenbogenschüsselchen in die Quellgrotte der Göttin Benten treten, als er von einer Gruppe hünenhafter Krieger umringt wurde, an deren Leibgurten die Köpfe besiegter Feinde baumelten. Doch nicht die ausblutenden Häupter der Erschlagenen machten ihm Angst. Die Recken hielten gebogene Röhren in den Händen, die sie an die Lippen setzten, um ihnen zögerliche Töne zu entlocken. Musiker vor einem Konzert pflegten ihre Instrumente derart zu stimmen ...

Hasso spürte, wie der Dachsanführer jetzt so dicht aufgerückt war, dass er nach seiner Rute schnappen konnte, sie aber glücklicherweise immer wieder verfehlte ...

Der Häuptling der Krieger war unverkennbar der mit der prächtigsten Trompete mit Eberkopf-Signalhorn aus purem Gold. Er rollte gebieterisch mit den Augen, und die verhaltenen Töne schwollen an. Nicht abrupt, aber beständig. Dann blähte der Häuptling die Backen ...

Als die spitzen Dachszähne in Hassos Rute bissen, ertöste auch das Carnyx-Inferno.

Klaus Esbeck stand augenblicklich mehr oder weniger senkrecht im Bett, und Hasso bellte wie verrückt. Wer durch seinen Albtraum wen aus dem Schlaf gerissen hatte, würde ein weiteres ungelöstes Rätsel dieser Nacht bleiben.

12. Kapitel

Radio Beromünster sendet Lili Marleen

Der Mann mit der tief in die Stirn gedrückten Schirmmütze saß in einer Ecke des Cafés und zeichnete. Neben seinem Stuhl stand ein prall gefüllter Rucksack.

Erika Fladung stellte das Getränketablett einen Moment ab und beugte sich zu dem Mann hinunter. Leise sagte sie: „Bist du wahnsinnig, Paul? Wenn das jemand von denen sieht und dich anzeigt, bist du fällig!"

Eine fast unmerkliche Kopfbewegung der jungen Frau machte ihn auf eine Gruppe ortsfremder Gäste am Fenstertisch aufmerksam.

„Die können mich alle mal ..." Der Maler betrachtete zufrieden die Hermann-Göring-Karikatur, die er in schnellen, sicheren Strichen auf einem Bierdeckel skizziert hatte, ließ es aber zu, dass die Serviererin vom Café Dochnahl das Werk zerbröselte und im Aschenbecher entsorgte. Die ballonähnliche Gestalt des Reichsmarschalls und Oberbefehlshabers der Luftwaffe hatte der Spruch umkränzt: „Rechts Lametta, links Lametta, und der Bauch wird immer fetter."

Paul Klüber steckte sich eine neue Alpha Zigarette an, nahm einen tiefen Zug, grinste und meinte dann laut und vernehmlich: „Einen Doppelten auf das Wohl von Herrn Meier kannst du mir auch noch bringen."

„Wenn auch nur ein feindliches Flugzeug unser Reichsgebiet überfliegt", hatte Göring bei Kriegsbeginn geprahlt, „will ich Meier heißen!"

Im Juli 1943 war Hamburg durch Bomberflotten der Royal Air Force und der US Air Force verwüstet worden, im Oktober desselben Jahres war der Luftangriff auf Kassel erfolgt. Den gewaltigen Feuersturm, der in der einhundert Kilometer entfernten Stadt tobte, hatte man bis nach Kleinsassen sehen können.

„Brüll nicht so", flüsterte Erika. „Der kleine Dicke mit der Glatze hat einen Goldbonbon am Revers."

Der Maler kniff die Augen zusammen, musterte den Glatzkopf und knurrte: „Den Arsch mit Ohren kenn ich. Der ist die rechte Hand von Ehser."

Galt der Fuldaer NSDAP-Kreisleiter und Bürgermeister Karl Ehser schon als ultrastrammer PG, dann war sein persönlicher Referent mit dem goldenen Parteiabzeichen ein hundertfünfzigprozentiger Bonze. Herausgeputzt, wie es die Art der Nazi-Goldfasane war, hatte er mit einem Gesinnungsgenossen, dem NS-Chefideologen Wellenreuther, die Fuldaer Sommerkunstausstellung besucht, auf der auch Werke der Kleinsassener Maler gezeigt wurden. Vor Klübers impressionistisch anmutenden Landschaftsbildern waren Sätze gefallen wie: „Das ist doch wohl eine üble Verunstaltung unserer geliebten Heimat." Und ein Gemälde, auf dem der Künstler die Gesichter von erntenden Bauern als weiße Flecken dargestellt hatte, war mit dem Adjektiv „entartet" bedacht worden.

Als Erika den Doppelten brachte, trank Paul Klüber den Schnaps auf ex, schob trotzig die Mütze in den Nacken, griff nach dem schweren Rucksack und verließ angewidert das Café. Als er mit seiner Last bei der Wendebuchen-Kuppe angekommen war, versicherte er sich, alleine auf der Anhöhe zu sein. Dann verschwand er zwischen den Baumstämmen. Nach etwa fünfzig Schritten in Richtung des Weilers Danzwiesen hielt der Maler inne und lauschte, ob ihm jemand gefolgt war, aber kein Laut war vernehmlich außer dem Wispern der Buchenblätter in einer linden Spätsommerbrise.

Annähernd fünfzig Schritte weiter stieg er in eine schlauchförmige, zweieinhalb bis drei Meter breite Erdspalte. Eine kojenähnliche Aushöhlung in der linken Seitenwand war von oben mit wildem Efeu und in Hüfthöhe mit üppigen Farnstauden und Bruchholz getarnt, dass selbst ein aufmerksamer Wanderer nicht gestutzt hätte. Paul Klüber schob den Vorhang aus Rankepflanzen zur Seite und hob den Rucksack in die Nische, deren Innenraum er sorgsam mit Dachpappe ausgekleidet hatte. Ein provisorischer Lattenrost aus dünnen, trockenen Zweigen und Reisern auf dem Boden der Höhle diente als Unterlage für zwei in einem Blechköfferchen vor Feuchtigkeit geschützten derben Pferdedecken. Am Vortag war starker Regen gefallen, aber der Aufwand mit der Dachpappenverkleidung hatte sich gelohnt. Zufrieden schnürte der Maler den Rucksack auf, denn kein Tropfen Sickerwasser war in sein Versteck gedrungen, und entnahm ihm einen mit Wachspapier beklebten Karton, der einen batteriebetriebenen Volksempfänger der Typenbezeichnung DKE 38B enthielt, den der Maler auf den Lattenrost stellte. Paul Klüber stöpselte das Antennenkabel ein und schaltete den Apparat an. Der schweizerische Landessender Radio Beromünster war hier oben weitaus deutlicher zu empfangen als unten in Kleinsassen, was nicht nur der Höhenlage, sondern auch dem langen Antennendraht geschuldet war, der im Wipfel einer jungen Buche endete. Aus dem Lautsprecher ertönte ein Rauschen, aber als die Einstellung geringfügig justiert wurde – Radio Beromünster sendete auf Mittelwelle 531 kHz –, konnte er Lili Marleen fast ohne störende Nebengeräusche hören.

Der Plan, sich der Einberufung zur Wehrmacht zu entziehen, war erstmalig nach Göbbels Sportpalastrede gereift, als jedem Menschen mit einigermaßen klarem Verstand hätte klar sein müssen, dass ein Sieg Deutschlands und der mit dem Reich verbündeten europäischen Staaten nur noch ein Hirngespinst von Durchhalte-Fanatikern war.

„Wollt ihr den totalen Krieg?" hatte der Hinkefuß gefragt. „Ja, ja, ja!" war die Antwort gebrüllt worden. Das aus Furcht vor Repression nur im privaten Kreis geäußerte „Nein!" der bestimmt zahlreichen Paul Klübers vermochte den fatalen Lauf der Ereignisse weder zu behindern noch abzuwenden. Was totaler

Krieg hieß, sollte jeder bald erfahren. Stalingrad, Hamburg oder Kassel bedeuteten nur Stationen des finalen Infernos, in das Hitler und seine Satrapen die Welt trieben. Der Kleinsassener Maler hasste schon Handgreiflichkeiten, wie sie bisweilen unter Betrunkenen auf einer Kirmes passierten. Der Befehl, eine Waffe auf einen anderen Menschen zu richten, um ihn zu töten, war für ihn gleichbedeutend mit der Anweisung zum Mord. Soldaten waren Mörder; und zum Mörder wollte Paul Klüber keinesfalls werden. Der Kelch war an ihm bislang vorbeigegangen. Mehrmals hatte man ihn zur Musterung zitiert, aber jedes Mal aus gesundheitlichen Gründen zurückgestellt: Asthma, Untergewicht, schlechter Allgemeinzustand. Dennoch war Paul Klüber nicht so vermessen zu glauben, dieses Glück würde ewig währen.

Als im Frühling des Jahres 1944 eine JU 52 bei schlechter Sicht von Südosten am Gänseborn an der Milseburg-Flanke zerschellte, wusste er, dass er handeln musste, um nicht so zu enden wie der unglückliche Pilot, dessen blutüberströmte Leiche im Cockpit der zerborstenen Maschine gelegen hatte.

Aus dem Lautsprecher ertönte ein vernehmliches Rauschen, aber als die Einstellung mehrmals nachjustiert wurde, konnte man Lili Marleen wieder ohne störende Nebengeräusche hören. Der Maler dämmte die Lautstärke. Wer einen Feindsender hörte, bekam es unweigerlich mit der Gestapo zu tun. Von Fehlmeldungen wurde die Hörerschaft zwar auch nicht verschont. Das Attentat auf Hitler am 20. Juli war zuerst als geglückt gemeldet worden, bevor eine Richtigstellung über den Äther kam, aber generell waren die Nachrichten aus der Schweiz allemal objektiver als die hymnischen Sieges- und Durchhalteparolen, mit denen das Reichspropaganda-Ministerium die Bevölkerung permanent berieselte.

Paul Klüber schaute auf die Armbanduhr. Sie zeigte halb sieben. Jean Rudolf von Salis „Weltchronik“ mit ungeschönten Nachrichten über den aktuellen Kriegsverlauf würde erst um zehn nach sieben beginnen. Es verblieb also eine gute halbe Stunde, nach weiteren Münzen zu suchen.

Das erste Goldstück hatte er Ende Juli nach einem sintflutartigen Gewitterregen auf dem Boden der kleinen Schlucht glitzern sehen, ein zweites vierzehn Tagen darauf entdeckt, als er das Waldrefugium mit Dachpappe verkleiden wollte, und am Montag dieser Woche war er in den Besitz eines dritten gelangt. Es war zwischen den freigespülten Wurzeln am Ende des Grabens aufgetaucht. Eine systematische Suche würde bestimmt keine Zeitverschwendung bedeuten, denn bei gleich drei Münzen auf engem Raum bestand immerhin die Chance, dass noch mehr von diesen Schätzen ...

Der Maler griff in den Rucksack und entnahm ihm eine kurzstielige Pflanzschaufel mit spitzem, handtellergroßem Blatt und einen gleichlangen, fünfzinkigen Rechen, beides zierliche Gartengeräte, die seine Schwägerin immer benutzte, wenn sie die Familiengräber auf dem Kleinsassener Kirchhof pflegte.

Das Radio spielte jetzt flotten Swing. Paul Klüber summte die verfemten Melodien mit, während er sorgsam mit Schaufel und Rechen ein Stück Erdreich unterhalb des Verstecks umwendete. Gold fand er nicht, wohl aber einen Tassen- oder Kannenhenkel aus einem stark erodierten, grünbräunlichen Metall – Bronze oder Messing?

Ein Sprecher mit unverkennbar schweizerischem Akzent unterbrach die Überlegungen des Künstlers, als er die „Weltchronik“ ankündigte.

Der Maler lauschte der fünfzehnminütigen Nachrichtensendung und schaltete dann den Volksempfänger aus. Die Herrschaft der braunen Horden würde mit Sicherheit keine tausendjährige sein. Mit dem Vormarsch der alliierten Truppenverbände an allen Fronten rückte auch unweigerlich das Ende des Naziterrors täglich ein Stück näher.

Bei Einbruch der Dunkelheit kehrte Paul Klüber in das Kleinsassener Atelier zurück, hängte die Fenster zu und widmete sich beim Schein einer nackten Glühbirne wieder dem weitgehend vollendeten Ölbild auf der Staffelei, mit dem er Erika demnächst anlässlich ihres zwanzigsten Geburtstags überraschen wollte. Darüber, ob er das Werk „Stillleben am Fuß der Wendebuche" oder „Stillleben mit Wendebuche" betiteln sollte, war er noch unschlüssig, weil ein aufmerksamer Betrachter durch die Ortsnennung möglicherweise doch die im Gemälde versteckte Botschaft entschlüsseln und somit einen Hinweis auf das Versteck erhalten könnte, wenn er ebenfalls das Datum neben der Signatur richtig als Entfernungsangabe interpretierte. Nein, der Vermerk „Stillleben" auf der Rückseite musste als Bildername genügen. Der Maler machte sich keine falschen Hoffnungen: Jemand wie er, der offen für Max Liebermann und die französischen Impressionisten eintrat, würde baumeln, sollte er der Unterschlagung von archäologischen Pretiosen überführt werden. Fundschätze, besonders aus Edelmetall, nicht abzuliefern, war für die braunen Machthaber mindestens so wehrkraftzersetzend wie das Abhören von Feindsendern.

Eine Goldmünze aus dem Graben hatte er der verblüfften jungen Frau dennoch geschenkt.

„Herr im Himmel, Paul, wo hast du die denn bloß her?" hatte sie gefragt.

„Im Wald gefunden. Zufällig. Bei der Wendebuche."

Erika, der nicht entging, wie einsilbig er plötzlich wurde, hatte nicht nachgehakt. Wenn der Paul nicht reden wollte, dann half kein Bitten und Drängen.

Gegen Mitternacht hatte der Maler das Stillleben fertig und signierte es. Die Zeitangabe „10 44" daneben hatte er schon eine Woche zuvor in die untere rechte Ecke des Gemäldes gesetzt, wobei die zweite Vier der Jahreszahl nur etwa halb so groß wie die erste Vier war. Im Grunde hätten neben der Signatur die Ziffern 9 und 44 stehen müssen, denn der September hatte seine Mitte gerade erst knapp überschritten. Eine Neun wäre zwar auch nicht völlig falsch gewesen, aber die Zahlenreihe eins, null, große vier, kleine vier war exakter – außerdem hatte Erika Anfang Oktober Geburtstag.

Als Paul Klüber am nächsten Vormittag aus seiner Schlafkammer trat, war in der Krautgasse schon die Post ausgeliefert worden, und ein graues Couvert, das die Schwägerin in den Türspalt geklemmt hatte, flatterte zu Boden. Es war unfrankiert. Der Maler wusste augenblicklich, dass der Umschlag wieder eine Aufforderung enthielt, zur Musterung zu erscheinen. Den Brief zu ignorieren und sich sofort an der Wendebuche zu verstecken, kam nicht infrage, denn dort gab es bislang weder Wasser- noch Lebensmittelvorräte. Die Spitzen der alliierten Truppen rückten zwar unaufhaltsam im Westen und Osten der Grenze des Deutschen Reichs näher, wann sie indes in der Rhön sein würden, stand in den Sternen; folglich war Proviant für viele Wochen vonnöten.

Die werden doch keinen untergewichtigen Asthmatiker wie mich nehmen, der nicht einmal Fahrrad fahren kann, versuchte der Maler sich zu beruhigen. Aber auch bei einem positiven Urteil des Wehrbezirkskommandos vergingen erfahrungsgemäß meistens fünf, sechs Tage, bis der Stellungsbefehl eintraf. Diese Zeit musste dann eben genügen, um das Refugium mit allem Nötigen auszustatten.

*

Falls bislang jemand eine schützende Hand über den Künstler gehalten haben mochte, dann war die Hand abrupt zurückgezogen worden: „K. v.", kriegverwendungsfähig, entschied die Musterungskommission. Paul Klüber durfte zwar nach Kleinsassen zurückkehren, sich von dort aber nicht entfernen. Er müsste jederzeit mit der Einberufung rechnen, wurde ihm mitgeteilt.

Auch die lange gehegte Hoffnung, im Wendebuchen-Versteck bis zum Kriegsende Unterschlupf zu finden, war ein schnell zerplatzter Traum, weil gleich am nächsten Morgen ein Wehrmachts-Lkw den Maler in aller Früh in der Krautgasse abholte, um ihn mit anderen Schicksalsgefährten aus den umliegenden Dörfern zur Rekrutensammelstelle nach Fulda zu fahren.

„Das Stillleben im Atelier, das mit den goldenen Punkten, ist mein Geburtstagsgeschenk für die Erika. Bitte bring es ihr am 12. Oktober ins Café Dochnahl, ja?" konnte Paul Klüber seine Schwägerin noch beauftragen, bevor er auf den Lastwagen kletterte.

13. Kapitel

Neuigkeiten aus Hilders, Frankfurt und Fulda

Klaus Esbeck ärgerte sich. Sein Leihwagen war zwar mit einem leistungsfähigen Navigationsgerät und einer guten Winterbereifung ausgestattet, die Heizung ließ jedoch sehr zu wünschen übrig. Bei Tageshöchsttemperaturen von minus 10 bis minus 12 Grad Celsius gestaltete sich Autofahren zu einer asketischen Übung. Angeblich sollen Yogis im Himalaya kraft Meditation in der Lage sein, bei strengstem Frost nasse Handtücher auf ihren Körpern zu trocknen, eine Fertigkeit, die in deutschen Landen noch wenig verbreitet war, weshalb Esbeck auf die altbewährte Zwiebelhaut-Methode zurückgegriffen hatte.

An und für sich hätte er gelassen warten können, bis Watanabe-san und Kobayashi-san wieder von ihrem zweitägigen Frankfurt-Exkurs zurückkehren würden, wo sie Erkundigungen über Professor Neumann einholen wollten, um sich dann die Allrad-Reisschüssel auszuborgen. Aber Esbecks Ungeduld hatte einen Grund: Das Vonderau Museum am Universitätsplatz in Fuldas Zentrum würde am übernächsten Tag für eine längere Zeit wegen Renovierungsarbeiten schließen, und in dem Museum hingen mehrere Paul-Klüber-Gemälde, die er gerne sehen wollte. Als er am Vormittag des zweiten Tags seinen Aikidô-Partner und seinen Kamakuraner Nachbarn nicht erreichte – beide hatten die Handys anscheinend ausgeschaltet –, war er gegen Mittag des Wartens überdrüssig geworden und nach Fulda losgefahren. Zuvor hatte er sich in der Kunststation vom Hausmeister einen Spaten ausgeliehen. Es blies ein beständiger Ostwind, und er wollte es nicht riskieren, hilflos in einer Schneewehe zu stecken. Hasso war bei der Bedienung im Café geblieben, was dem Setter eine leckerlireiche Zeit garantierte.

Obwohl die Räumteams allerorts ihr Bestes gegeben hatten, boten die Straßenverhältnisse den motorisierten Verkehrsteilnehmern weiterhin prächtige Gelegenheiten, Fahrkünste oder Reaktionsvermögen in Extremsituationen zu testen.

Esbeck kurvte folglich sehr langsam durch die Fuldaer Altstadt, sehr vorsichtig und defensiv, denn er hatte seit ewigen Zeiten nicht mehr bei Tiefschnee hinter dem Steuer gesessen. Am Ende einer mühseligen Suche nach einem einigermaßen freigeschaufelten Parkplatz konnte er schließlich den Wagen in der Nähe des Stadtschlosses abstellen.

Das Museum war besser besucht, als Esbeck es bei dem strengen Winterwetter erwartet hatte. Eine Dame in dunklem Kostüm erläuterte im ersten Stock einer Gruppe von circa zehn Zuhörern, die aus allen Teilen der Welt zu stammen schienen und dennoch merkwürdig konform wirkten, die Bedeutung der fuldensischen Stadt- und Kreisarchäologie – auf Englisch. Sie sprach gerade über die Exponate aus dem keltischen Milseburg-Oppidum und deutete auf die Fundstücke. Ein dunkelhäutiger Mann mit wirrem Haarschopf, einer monströsen Hornbrille und einem ausgebeulten Tweed-Jackett trat vor die bezeichneten Vitrinen, wobei er sich halb zu Klaus Esbeck umdrehte. Ein Plastikschild, dessen Band mit einer Sicherheitsnadel am Revers der Jacke befestigt war, verriet, dass Professor Dr. Dr. Siddharta Krishnapani, Bombay, als Altertumsforscher an dem UNESCO-Projekt „Schnittpunkte der Geographie bedeuten Schnittpunkte der Archäologie" in Hessen teilnahm. Sämtliche Mitglieder der Gruppe trugen ähnliche Karten und stellten, maskulin und feminin, ähnlich professorale Anblicke dar.

Dicht neben der referierenden Dame entdeckte Esbeck vier Wissenschaftler, eine Frau und drei Männer, deren Wiege ganz offensichtlich im Fernen Osten gestanden hatte. Nur ob sich ein Sohn oder eine Tochter Nippons unter ihnen befand, konnte er nicht herausfinden, denn die scheckkartengroßen Namensschilder waren auf die Distanz unlesbar. Kaum hatte er den Entschluss gefasst, sich in Richtung des mandeläugigen UNESCO-Teams zu begeben, verkündete die Dame im Kostüm: „And now, ladies and gentlemen, as I promised ..." Sie öffnete eine Fahrstuhltür in der Seitenwand des Saals, machte eine einladende Geste. Als Letzte verschwanden die vier fernöstlichen Wissenschaftler vor ihr in der Liftkabine. Einer der Männer zumindest erinnerte Esbeck ein wenig an den Begleiter von Professor Neumann, der am Finissage-Abend in der Kunststation überlaut mit einem Handy telefoniert hatte. Aber mittelgroß von Statur und tiefschwarzes Haupthaar – auf welchen japanischen Mann zwischen zwanzig und sechzig trafen diese Charakteristika nicht zu?

Welches Versprechen die Referentin indes ihren Zuhörern einlösen wollte, sollte er nie erfahren, denn schon schloss hinter der Gruppe die Fahrstuhltür.

Im zweiten Stock in der Gemäldesektion waren weniger Besucher, und Esbeck konnte die ausgestellten Paul-Klüber-Werke mit Muße betrachten. Seine stille Hoffnung, eine weitere Wendebuchen-Impression des Malers zu finden, erfüllte sich nicht. Wieder zurückgekehrt ins Erdgeschoss, erhielt er von der freundlichen Museumsmitarbeiterin, die die Eintrittskarten verkaufte, den Rat, in der Hochschul- und Landesbibliothek am Heinrich-von-Bibra-Platz nachzufragen. Man würde dort sicherlich neben aller verfügbaren Literatur auch die Paul Klüber betreffenden Kunstkataloge archiviert haben.

„Wie weit ist es bis dorthin?" erkundigte er sich. „Ich habe vorhin mit Mühe und Not einen Parkplatz am Stadtschloss bekommen, den ich ungern aufgeben möchte."

„Müssen Sie auch nicht. Gehen Sie einfach zu Fuß", wurde ihm geraten und dabei ein kleiner Gratis-Innenstadtplan vom „Tourismus- und Kongressmanagement Fulda" überreicht. „Trotz Schneechaos wird der Weg Sie keine zehn Minuten kosten." Die Frau markierte die Strecke mit einem Kugelschreiber.

Esbeck bedankte sich und stiefelte los.

In der Bibliothek sichtete er das vorhandene Material und ließ sich dann den Ausstellungskatalog Klüber'scher Werke der Kunststation Kleinsassen von 1984 in den Lesesaal bringen, erneut in der Hoffnung, einen ihm bis dato unbekannten Aspekt über dessen Wendebuchen-Darstellungen zu erfahren. Wieder verlief die Recherche ohne positives Resultat. Interessant waren allerdings die in der Broschüre abgedruckten Fotos: Paul Klüber auf einer Wiese an der Staffelei, der Künstler mit einem Mann vor einem Gebäude, das Esbeck unschwer als Klübers Geburts- und Elternhaus gegenüber seinem Feriendomizil identifizieren konnte. Und der Maler neben einer Frau, die bestimmt nicht Heribert Fladungs Tante Erika, das junge Serviermädchen im Café Dochnahl, abbildete, denn dafür war sie zu elegant gekleidet und zu alt. Unter den Exponatsreproduktionen fand sich im Katalog auch ein mit „Café Dochnahl" betiteltes Gemälde. Es zeigte das Café zur warmen Jahreszeit, weil man an eingedeckten Tischen vor der Gaststätte im Freien saß.

Klaus Esbeck, der noch kein Alleskönner-Smartphone sein Eigen nannte, fragte eine Bibliothekarin, wo es einen Kopierer gäbe.

Die Rückfahrt in die Rhön verlief ohne Zwischenfälle, und der vorsorglich ausgeborgte Spaten kam nicht zum Einsatz. Die verantwortlichen Straßenmeistereien hatten gute Arbeit geleistet.

Als Esbeck die Kunststation erreichte, parkten davor bereits Watanabe-sans Suzuki-Jeep, der Land Rover seines Vermieters und die große Limousine von Direktor Rundvoigt. Er stellte den Spaten neben die Schneeschaufeln vor der Eingangshalle. Hasso stürmte ihm schwanzwedelnd auf der Treppe zum Obergeschoss entgegen.

Anton Rundvoigt, Heribert Fladung, Kobayashi-san und Watanabe-san hatten einen Tisch in der Mitte des Cafés belegt. Esbeck stutzte, als er die nachdenklichen Gesichter bemerkte.

„Am besten, Sie erzählen Ihrem Feriengast Ihre Geschichte zuerst“, forderte der Direktor Heribert Fladung auf, „oder sollen Herr Watanabe und Herr Kobayashi damit beginnen, was sie in Frankfurt herausgefunden haben?“

„Aus chronologischen Gründen müsste schon Herr Fladung anfangen“, meinten die Japaner.

„Na gut“, sagte der und räusperte sich. „Ich telefoniere gelegentlich mit meinem Cousin in Hilders, und so auch gestern Abend. Natürlich kam sofort der Autounfall von Professor Neumann zur Sprache, der ja mit anderen UNESCO-Wissenschaftlern bei ihm im Gasthof Forellenbach untergekommen war.“

„Der Cousin in Hilders ist vermutlich der Sohn Ihrer verstorbenen Tante Erika, die Ihrem Vater das Wendebuchen-Ölgemälde vermacht hat, oder erinnere ich mich falsch?“

„Keineswegs.“

„Dann will ich Sie jetzt nicht weiter unterbrechen, aber werde Ihnen allen später auch von meinen heutigen Recherchen in Fulda berichten.“

Heribert Fladung nickte zustimmend und fuhr fort: „Irgendwann während der Unterhaltung fragte ich ihn, wie er den Ausbau und die Modernisierung vom Haus Forellenbach finanziert hätte, denn davor war die Auslastung der Gästezimmer nicht unbedingt befriedigend gewesen. Er sagte mir, dass seine Hausbank problemlos den benötigten Kredit bewilligt hätte, weil 30.000 Euro in bar vorhanden gewesen wären. Nun beabsichtige ich demnächst ebenfalls die eine oder andere Modernisierungsmaßnahme am Stellbergweg, aber 30.000 Euro Eigenkapitalanteil ist eine Summe, die ich schwerlich zusammenkratzen könnte. Wissen Sie, was er mir daraufhin riet? ‚Versilbere doch auch einfach deinen Klüber. Für ein Gemälde von ihm habe ich glatte zwanzig Mille eingestrichen und für eine keltische Goldmünze aus Mutters Nachlass nochmals zehntausend.‘ Es hat einen Moment gedauert, bis ich begriff. Ich hatte nicht gewusst, dass außer dem Klüber-Bild, das Tante Erika meinem Vater vererbt hatte, noch ein weiteres in ihrem Besitz gewesen war, geschweige denn ein Regenbogenschüsselchen. ‚Und an wen konntest du verkaufen?' fragte ich.

‚Na, genau an diesen Professor Neumann! Er war so scharf auf die Sachen, dass der Preis bestimmt noch nach oben zu drücken gewesen wäre, wenn ich das Geld damals nicht schnellstmöglich für die Kreditbeschaffung benötigt hätte.'

‚Was war das für ein Bild?' wollte ich wissen. ‚Ein Porträt oder eine Landschaft?'

‚Nichts von beidem', wurde mir geantwortet, ‚sondern ein auf einer Tischplatte angeordnetes Stillleben, das durch goldene Punkte akzentuiert wird.'"

Esbeck blickte in die Runde. Alle nickten, auch Heribert Fladung, woraus er folgerte, dass man seinem Vermieter von dem Klüber'schen Gemälde in der Yamaguchi Galerie erzählt hatte.

„Ich bin immer der Meinung gewesen, dass Professor Neumann erst nach der Modernisierung im Gasthof Forellenbach gewohnt hätte", sagte Heribert Fladung, „aber mein Cousin korrigierte mich. Bereits ein Jahr vor dem Ausbau war Neumann unmittelbar in Anschluss an ein UNESCO-Projekt zwei Wochen als Privatgast bei ihm in Hilders gewesen und dabei im Frühstücksraum auf das Klüber-Stillleben aufmerksam geworden. Mein Cousin hatte erläutert, was die Punkte darauf vermutlich darstellen würden, und in diesem Zusammenhang auch die keltische Münze gezeigt. Woraufhin der Professor sein verlockendes finanzielles Angebot unterbreitet hatte."

„In der Tat interessant, falls das Bild im Haus Forellenbach wirklich das Klüber-Gemälde in der Yamaguchi Galerie gewesen sein sollte", sagte Esbeck. „Aber wie ist das Stillleben denn nach Fujisawa gelangt? Gibt es dafür schon eine Erklärung?"

Watanabe-san ergriff das Wort. „Ja. Ich habe durchaus eine Theorie, wie das geschehen sein könnte, muss aber erst noch abwarten, was meine Leute in Japan herausfinden. Es handelt sich um Mutmaßungen, die bedauerlicherweise noch über kein solides Fundament verfügten, das etwa einen deutschen Staatsanwalt zu juristischen Schritten bewegen würde. Meine Mitarbeiter haben versprochen, die angeforderten Daten in den nächsten Tagen zu mailen." Während er redete, polierte der Japaner die keltische Goldmünze, die bei dem Yakuza in Ôsaka beschlagnahmt worden war, mit einem Papiertaschentuch. „Kobayashi und ich sind jedenfalls wie geplant gestern in Professor Neumanns Sekretariat vorstellig geworden und haben uns über das Rhön-Projekt der UNESCO informiert. Die Damen und Herren dort waren wirklich sehr hilfsbereit – auch was Auskünfte bezüglich der beteiligten Wissenschaftler betraf."

Esbeck konnte es sich nicht versagen, einzuwerfen, dass die Auskunftsbereitschaft der Frankfurter Universität bestimmt von der Tatsache gefördert worden war, dass seine Agentur für Zusammenarbeit eng mit dem japanischen Kultusministerium kooperierte. So erstaunte es ihn folglich auch wenig, als Watanabe-san daraufhin bemerkte: „Nun, hinderlich war das kaum, wichtiger indes dürfte sich die Ankündigung meines Besuchs durch unseren Berliner Kulturattaché erwiesen haben. Doktor Hosokawa hatte, wie erbeten, höchstpersönlich mit dem Dekan telefoniert. Wir kennen jetzt die Namen aller japanischen Kollegen Professor Neumanns in Kanji-Notierung", setzte Watanabe-san seinen Bericht fort, „und haben sogar detaillierte Auswertungen ihrer Forschungstätigkeiten in Deutschland kopieren dürfen. Professor Neumann hatte sowohl in der Gegenwart als auch in der Vergangenheit besonders mit drei Archäologen intensiven Arbeitskontakt: erstens mit Professor Sakamoto aus Sapporo, zweitens mit Professor Kawaguchi aus Tôkyô und drittens mit Professor Honda aus Kôbe. Alle sind ebenfalls in das diesjährige UNESCO-Projekt involviert und halten sich derzeit in der Rhön auf. Frau Kundzienna und Frau Hausmann werden zu eruieren versuchen, ob womöglich einer dieser Männer an dem besagten Abend Neumanns Begleiter in der Kunststation war."

„Wer bitte wird was versuchen?"

Anton Rundvoigt nickte. „Sie haben richtig gehört. Herr Watanabe schilderte uns überzeugend, wie leicht sich eine tödliche Herzinsuffizienz mittels gewisser Giftstoffe hervorrufen lässt, die man bei einer Obduktion nie oder bloß sehr schwer nachweisen kann. Es war daraufhin meine Idee, die Journalistinnen über alles zu informieren und mit Nachforschungen zu betrauen. Das ist immerhin unverfänglicher, als wenn ein Landsmann die Professoren ausfragen würde. Ich habe somit vor einer knappen Stunde ausführlich mit den Damen telefoniert. Als Türöffner wollen sie eine fingierte Reportage über ‚Schnittpunkte der Geographie bedeuten Schnittpunkte der Archäologie' benutzen. Ich bat sie ferner herauszufinden, ob einer der Herren ein dezidiertes Interesse an neuzeitlicher Kunst besitzen würde, denn schließlich war Neumann nach dem Besuch einer Fotoausstellung zu Tode gekommen."

„Beide haben ohne zu zögern ihre Zustimmung gegeben?" fragte Esbeck.

Der Direktor lächelte. „Aber selbstredend! Falls Herrn Watanabes Vermutung sich bestätigen sollte, dann hätten Frau Kundzienna und Frau Hausmann journalistischen Sprengstoff in den Händen. Und zwar exklusiv!"

*

Anschließend war Klaus Esbeck mit der Schilderung seiner Recherche-Exkursion in Fulda an der Reihe. Die Frage, ob die elegante Dame auf dem Foto eventuell doch seine Tante Erika wäre, beantwortete sein Vermieter erwartungsgemäß mit einem entschiedenen Nein. Kopien aus der Hochschul- und Landesbibliothek machten am Tisch noch die Runde, als er auf die Begegnung mit den asiatischen UNESCO-Experten im Vonderau Museum zu sprechen kam.

„... was die Wahrscheinlichkeit erhöht, dass es sich um einige der von Watanabe-san erwähnten Wissenschaftler aus Japan gehandelt haben könnte." Kaum hatte Esbeck den Bericht beendet, meinte Heribert Fladung: „Ach so, ich vergaß vorhin zu erwähnen: das gesamte japanische Forscherteam wohnt übrigens im Gasthof Forellenbach. Die Frau, die Sie im Museum gesehen haben, gehört garantiert nicht dazu."

„Die Archäologen aus Nippon sind nämlich ausschließlich männlichen Geschlechts", erläuterte Watanabe-san. „Professor Sakamoto lehrt an der Hokkaidô Universität in Sapporo, Professor Kawaguchi an der Waseda Universität in Tôkyô und Professor Honda an der Shindai Universität in Kôbe. Alle drei sind Kapazitäten, was die späte Bronze- und frühe Eisenzeit in Japan betrifft."

„Bezogen auf welche Kulturkreise beziehungsweise auf welche geografischen Räume?" wollte Esbeck wissen.

„Professor Sakamotos Spezialgebiet ist Ostasien, aber Professor Kawaguchi und Professor Honda gelten überdies als Top-Leute bezüglich der Vor- und Frühgeschichte Europas."

„Das hieße, Professor Sakamoto ist bei uns in der Rhön ein wenig fehlplatziert?" überlegte Direktor Rundvoigt laut.

„Keineswegs. Er verfügt wie seine beiden Kollegen – und wie auch Professor Neumann – über profunde Erfahrung auf dem Gebiet der archäologischen Flugprospektion, besser unter dem Begriff Luftbildarchäologie bekannt, was ihn natürlich für das hiesige UNESCO-Projekt ausreichend qualifiziert. Es müssen ja nicht unbedingt nur Keltologen oder Mittelalter-Experten sein, die hier forschen. Häufig bringt gerade eine wissenschaftliche Außensicht auf einen Themenkomplex die überraschendsten Erkenntnisse. Professor Sakamoto hat übrigens eine in Fachkreisen sehr gelobte Arbeit mit dem Titel ‚Die Bedeutung der Fuhonsen-Münzen' publiziert."

„Hast du Direktor Rundvoigt und Herrn Fladung von der Gewichtigkeit dieser Geldstücke erzählt?" fragte Esbeck erstaunt.

„Ja", sagte Watanabe-san. „Ich hielt es für ratsam", er verbeugte sich andeutungsweise in Richtung der beiden Genannten, „sie über die Yakuza-Kontakte Neumanns ins Licht zu setzen. Ebenso über dessen Regenbogenschüsselchen-Expertise im Kontext mit der Beschlagnahmung in Ôsaka. Die beiden Damen von der Presse sind ebenfalls im Bilde." Er begutachtete das glänzende keltische Geldstück in seiner Handfläche und schien mit dem Ergebnis des Polierens zufrieden zu sein.

Kobayashi-san bat mit einem vernehmlichen Räuspern um Aufmerksamkeit. „Dann rekapituliere ich mal, ja?"

Niemand widersprach.

„Also, Professor Neumann kauft ein Paul-Klüber-Stillleben und ein keltisches Goldstück an. Sowohl das Gemälde als auch die Münze gelangen nach Japan. Auf welchem Weg oder durch wen entzieht sich noch unserer Kenntnis. Das Ölbild ist nur für sehr kurze Zeit in der Yamaguchi Galerie in Fujisawa zu sehen, weil es offenbar vom Leihgeber zurückgefordert wurde. Warum das passierte, dürfte ein wichtiges Teil des Puzzles sein, das wir zusammenfügen wollen. Dass es sich bei dem beschlagnahmten Regenbogenschüsselchen um die Münze aus Hilders handelt, ist wegen Neumanns Expertise mehr als naheliegend. Die Beziehung Stillleben/Münze in Deutschland ist relativ klar: Die auf dem Gemälde abgebildeten goldenen Objekte sind mit an Sicherheit grenzender Wahrscheinlichkeit keltische Geldstücke. Aber worin besteht in Japan die Verbindung zwischen dem Gemälde und der Münze? Nur in der Person beziehungsweise den Personen, von denen die Sachen ins Land gebracht worden waren?"

„Professor Neumann scheidet als Überbringer aus, denn er besuchte Nippon nie", unterbrach Watanabe-san die Überlegungen seines Schulfreunds. „Mein Büro hat im Immigration Office nachgefragt."

„Zumindest ist er nicht unter seinem richtigen Namen eingereist", gab Esbeck zu bedenken. „Aber egal! Rätselhaft bleibt, wie und warum das Klüber-Stillleben und ein von Professor Neumann zertifiziertes Regenbogenschüsselchen in Japan auftauchen konnten."

„Genau!" bestätigte der Stipendiat. „Und darum muss zuvorderst geklärt werden, ob jemand der japanischen Professoren, mit denen Neumann ja immerhin schon seit Jahren im Rahmen von UNESCO-Projekten kooperierte, über die rein wissenschaftliche Zusammenarbeit hinaus ..."

„... mit ihm in illegale Geschäfte verstrickt war", beendete Watanabe-san den Satz seines Schulfreundes. „Ich denke da natürlich besonders an die in Ôsaka entdeckte Fuhonsen-Münze."

„Vertrauen wir doch einfach auf die investigativen Fähigkeiten von Frau Kundzienna und Frau Hausmann", sagte Anton Rundvoigt. „Frau Hausmann kenne ich erst seit der Finissage und kann daher nicht über ihre professionellen Qualitäten urteilen, aber Frau Kundzienna ist erfahrungsgemäß sehr hartnäckig, wenn sie journalistisches Dynamit wittert."

„Das glaube ich gerne. Die Interviews der Damen – in Verbindung mit ihrem unbestrittenen Charme – werden gewisslich verwertbare Informationen erbringen."

Heribert Fladung tätschelte Hasso, der sich zwischen ihm und Kobayashi-san zusammengeringelt hatte. „Tja, meine Herren, wenn ich meinem Cousin nicht beiläufig von meinen Investitionsplänen erzählt hätte, wäre womöglich nie herausgekommen, woher das Klüber-Stillleben und das Regenbogenschüsselchen stammen. Ein Mitarbeiter namens Kommissar Zufall könnte auch künftig eine wichtige Rolle spielen."

Watanabe-san schüttelte den Kopf. „Leider ist der von Ihnen genannte Kollege ein höchst unzuverlässiger Bursche. Wenn man ihn am dringendsten braucht, glänzt er zumeist durch Abwesenheit."

Hasso legte sich auf den Rücken, was eine eindeutige Aufforderung war, ihn am Bauch zu kraulen. Kobayashi-san erfüllte seine Bitte, und der Setter grunzte behaglich.

Heribert Fladung blickte nachdenklich in die Runde. „Es gibt eine Frage, die ich beständig in mir wälze. Weiß eigentlich jemand von Ihnen, ob Professor Neumann neben keltischen Angelegenheiten auch ein Kenner unserer regionalen Künstler gewesen ist?“

Die Antwort war ein allgemeines Verneinen.

Schließlich meinte Watanabe-san: „30.000 Euro für das Klüber-Stillleben und die Münze sind im Grunde genommen ein Schnäppchen.“ Er hielt das frisch polierte, glänzende Goldstück zwischen Daumen und Zeigefinger geklemmt in die Höhe. „Ein Regenbogenschüsselchen dieser Qualität lässt sich in gewissen Kreisen unproblematisch für die doppelte Summe verkaufen. Auf dem Gemälde hatte Klüber Keltengeld abgebildet, und das mag wohl Grund genug gewesen sein, auch das Bild zu erwerben. Aber im Prinzip ging es ihm um die Münze. Das Stillleben war quasi ein unverhofft wertvoller … sagt man Beifang? Ich persönlich glaube nicht, dass Neumann sonderlich an moderner Rhön-Kunst interessiert war.“

„Immerhin hat er mit einem japanischen Begleiter die Abschlussveranstaltung von ‚Momente des Arabischen Frühlings‘ besucht“, gab Direktor Rundvoigt zu bedenken.

„Hm, das ist auch wieder richtig“, sagte Watanabe-san. „Nur ob er da wirklich wegen der Finissage mit seinem Begleiter im Café gesessen hat, sei dahingestellt. Die Kunststation war doch an dem Tag bestens frequentiert, oder?“

„Ja, es hatten sich weit über hundert Besucher eingefunden. Wieso fragen Sie?“

„Die Erfahrung lehrt, dass man für ein sicheres konspiratives Treffen am besten eine größere Menschenmenge wählt, in der Individuen dazu tendieren, quasi gesichtslos zu werden.“

„Ich zumindest habe Professor Neumann erkannt“, protestierte Heribert Fladung.

„Richtig!“ sagte Watanabe-san. „Und dieser Umstand könnte sogar erneut der Anwesenheit von Kommissar Zufall geschuldet sein. Wie ich jedoch bereits erwähnte, ist der Kollege kein sehr verlässlicher Mitarbeiter, sonst hätte er ebenso herausgefunden, wer Neumanns japanischer Begleiter gewesen war, und wir stünden jetzt weitaus klüger da."

So ist es! dachte Esbeck. Wir würden vermutlich sowohl wissen, wer dem Frankfurter Professor ein Mittel verabreicht haben könnte, das die Herzinsuffizienz hervorrief, als auch die Person kennen, die das Klüber-Stillleben nach Fujisawa und das Regenbogenschüsselchen nach Ôsaka brachte.

Kobayashi-san erntete von Hasso einen vorwurfsvollen Blick, als er den Setter zu kraulen aufhörte. „Ich mag ja mit meiner Prognose völlig danebenliegen. Aber ich behaupte ganz naiv: Wenn es gelingt, das Rätsel zu lösen, weshalb ein Klüber-Werk aus Hilders, das keltische Münzen abbildet, nach kurzer Präsentation von seinem Leihgeber aus einer Galerie in Fujisawa zurückgezogen wurde, dann klären sich alle weiteren Fragen automatisch."

„Dem möchte ich nicht widersprechen", sagte Watanabe-san. „Aber bis dahin wird vermutlich noch einige Zeit verstreichen."

14. Kapitel

Eine journalistische Charme-Offensive

Der Januar in der Rhön blieb launisch wie der vergangener Jahre. Kaum hatten die heftigen Schneefälle nachgelassen, setzte auch schon wieder Tauwetter ein. Der Temperaturanstieg bewirkte, dass sich das Gelände am Stellbergweg erneut in eine morastige Wasserlandschaft verwandelte.

Marietta Kundzienna und Brigitte Hausmann hatten sich telefonisch mit den drei japanischen Archäologen verabredet. Ken'ichi Sakamoto aus Sapporo war ihr erster Kandidat.

Eine gewundene, mit grobem Kies bestreute Auffahrt führte in Hilders von der Bundesstraße zum Haus Forellenbach. Ein Schild mit Pfeil besagte: „Besucherparkplatz".

Jürgen Storch, der Cousin von Heribert Fladung, brachte die Journalistinnen zu dessen Mini-Apartment im Erdgeschoss, und Professor Sakamoto stand ihnen zwanglos Rede und Antwort über seine Forschertätigkeit in der Rhön. Er war ein sympathischer Wissenschaftler, der vor Energie geradezu sprühte. Gekleidet war er immer noch wie ein Student. Der Herr Professor trug ausgebleichte Jeans und auch einen von Gebrauchsspuren nicht verschonten Rollkragenpullover. Ein Pedant war er mit Sicherheit nicht. Überall auf dem Boden lagen Bücher, teils aufgeschlagen, teils mit einem Lesezeichen versehen. Auch sein Schreibtisch wirkte wie ein Arbeitsplatz, den gerade ein Wirbelsturm verwüstet hatte.

Das Chaos hier erinnert mich doch mächtig an mein eigenes Büro, dachte Brigitte Hausmann amüsiert.

Die Frauen wechselten sich mit der Befragung ab. Das Interview erfolgte auf Englisch, das von Ken'ichi Sakamoto war gewöhnungsbedürftig, aber einigermaßen flüssig. Natürlich musste die Behauptung des Japaners nachgeprüft werden, er hätte die Finissage in der Kunststation überhaupt nicht besuchen können, weil er in der Zeit für mehrere Tage in Berlin gewesen wäre, um dort an der Humboldt Universität eine Vortragsreihe über das ambitionierte Rhön-UNESCO-Projekt zu halten.

Für moderne Kunst interessiere er sich, wie geschicktes Nachfragen durch Brigitte Hausmann ergab. Professor Ken'ichi Sakamoto hatte den Abstecher in die deutsche Hauptstadt ebenfalls dazu genutzt, in seiner Freizeit diverse Museen zu besuchen.

„Als Neumanns Begleiter scheidet er aus, es sei denn, er lügt, weil er sich für ein paar Stunden nach Kleinsassen gebeamt hat", resümierte Marietta Kundzienna.

„Immerhin ist er kein Wissenschaftler, der nur an seinem Fachgebiet Gefallen findet. Ist dir aufgefallen, wie er von dem Brücke Museum im Grunewald geschwärmt hat?" sagte die Kollegin.

*

Hisao Honda von der Shindai Universität in Kôbe, mit dem die Frauen sich am darauffolgenden Tag in Fulda im Café Wess am Dom trafen – der Professor hatte zuvor etwas mit dem Stadtarchäologen bereden müssen –, erwies sich als deutlich zugeknöpfter und überdies absolut von der Wichtigkeit seiner Person überzeugt. Im Gegensatz zu dem verschlissene Jeans und löchrige Pullover bevorzugenden Kollegen aus Sapporo wirkte er wie aus dem Ei gepellt. Professor Honda trug einen Maßanzug mit farblich perfekt abgestimmter Krawatte und Einstecktuch, ein blütenweißes Oberhemd und auf Hochglanz polierte Stiefeletten, in denen man sich spiegeln konnte. Die Kleidung zeugte davon, dass man als japanischer Hochschullehrer einer Elite-Uni nicht darbte. Er beantwortete die Fragen mit einer Miene, die ausdrückte, was er von den Interviewerinnen hielt.

Von der schreibenden Zunft waren ihm allenfalls die Fachjournalisten von *Gendai no kôkogaku*, „Archäologie heute", akzeptabel. Es lag folglich kaum alleinig an seinem rudimentären Englisch, dass er mit den Frauen wie mit zwei etwas begriffsstutzigen Schulmädchen redete. Immerhin ließ er sich dazu herab, ihnen den Sinn und Zweck des UNESCO-Projekts zu erklären.

Nein, für moderne Kunst interessiere er sich nicht, und wie die anderen japanischen Kollegen des UNESCO-Forschungsteams dafür noch Muße aufbringen würden, wäre ihm schlechterdings unverständlich. Die Bemerkung illustrierte bestens, dass in der hehren Welt der Wissenschaften ein vergleichbares Hauen und Stechen gepflegt wurde wie in den profanen Niederungen des Alltags, denn der verbale Seitenhieb auf Ken'ichi Sakamoto und Yasunari Kawaguchi blieb unüberhörbar.

„Sie haben also mit dem verunglückten Professor Neumann nicht die Finissage von ‚Momente des Arabischen Frühlings' besucht?"

Hisao Honda bedachte Marietta Kundzienna mit einem Blick, der Bände sprach, und schüttelte energisch den Kopf.

Auf dem Weg zurück zum Auto meinte Brigitte Hausmann: „Ein witzloser Kotzbrocken, dieser Typ, und eitel obendrein! Ist dir aufgefallen, wie er beständig die Bügelfalte der Hose betastet hat? Dabei war die so scharf, dass man sich daran hätte schneiden können."

„Oder dass er andauernd geprüft hat, ob die goldenen Manschettenknöpfe gut sichtbar waren? Nein, Professor Doktor Kotzbrocken ist fürwahr kein Sympathieträger und bestimmt eine ständige Quelle des Verdrusses für alle seine Mitmenschen. Dass ihm moderne Kunst gleichgültig ist, verwundert bei seinem Fachidiotentum kaum."

„Was wiederum heißt, dass er als Begleiter von Professor Neumann ebenfalls ausscheiden würde", schlussfolgerte Marietta Kundzienna.

„Somit verbleibt also lediglich dieser Archäologe aus Tôkyô, falls es sich denn wirklich um einen Japaner gehandelt hat, der mit Neumann in der Kunststation war."

„Du hast da Bedenken? Kobayashi, Esbeck und Fladung haben aber alle behauptet, dass es einer gewesen wäre."

„Schon richtig", sagte Marietta Kundzienna. „Sie haben aber die Person nur sprechen hören. Was sagt die Uhr?"

„Vierzehn Uhr." Brigitte Hausmann schaltete ihr Smartphone wieder aus.

„Gut! Bis halb vier sind wir locker in Hilders."

Nachdem Brigitte Hausman sich auf dem Beifahrersitz angeschnallt hatte, wühlte sie in einer voluminösen Handtasche, bis sie das Etui mit der Sonnenbrille fand. Auf wochenlangen Dauerregen waren ein paar Tage strenger Kälte mit Tiefschnee gefolgt – und jetzt? Auf der B 458 von Fulda nach Dipperz, Friesenhausen, Brand und Wickers und danach auf der B 278 bis Hilders überspannte bei frühlingshaften Temperaturen ein blauer, wolkenloser Himmel die Rhön.

Ein tieffliegender Hubschrauber näherte sich der Bundesstraße.

„Im Handschuhfach liegt ein elektronisches Fernglas. Sei doch so nett und schau dir den Helikopter mal an, ob der vielleicht im Auftrag der UNESCO-Truppe unterwegs ist", sagte Marietta Kundzienna und fuhr an den Straßenrand.

Brigitte Hausmann richtete das Glas auf den Hubschrauber. „Geo-irgendetwas kann ich entziffern."

„Geodata", sagte die Kollegin. „Die Marburger Firma Geodata ist einer der Hauptsponsoren des UNESCO-Projekts."

„Sind das die, die auch für die Luftbildarchäologie zuständig sind?"

„Vermutlich."

Der Helikopter entfernte sich in Richtung Westen, in Richtung Milseburg. Marietta Kundzienna setzte den Blinker und lenkte das Auto auf die Fahrbahn zurück.

*

Der Wagen folgte wieder dem Schild „Besucherparkplatz“ und wurde dort vor dem Eingang von Haus Forellenbach abgestellt. Der Wirt des Gashofs – in seiner Linken hielt er einen Hammer – bat die Frauen einzutreten. „Professor Kawaguchi rief soeben an. Er wird sich arbeitsbedingt um zwanzig bis dreißig Minuten verspäten. Sie mögen doch so freundlich sein, auf ihn zu warten. Darf ich Ihnen etwas anbieten, bis er eintrifft? Kaffee? Tee? Ein Glas Mineralwasser?“

Kaffee wäre super, sagten die Frauen. Und auf den Hammer deutend: „Sie hegen doch hoffentlich keinen persönlichen Groll gegen Journalisten?“

Jürgen Storch lachte. „Keineswegs, keineswegs! Ich habe lediglich im Frühstücksraum ein Bild angebracht.“ Er geleitete sie dorthin. „Es dauert vermutlich einen kleinen Augenblick, bis ... Ich muss erst die Kaffeemaschine anstellen.“ Der Wirt verließ den Raum und bemerkte nicht, wie Marietta Kundzienna und Brigitte Hausmann gebannt auf die gerahmte Fotografie an der Stirnwand des Zimmers starrten.

„Himmel, das ist doch ...!“ flüsterte Brigitte Hausmann.

Marietta Kundzienna nickte. „Eindeutig! Klübers Stillleben mit den Regenbogenschüsselchen!“

Ihre Kollegin trat näher an das Bild heran. „Es ist ein Foto.“

Als Jürgen Storch den Kaffee in den Frühstücksraum brachte, standen sie noch immer davor.

„Oh, meine Verschönerungsbemühungen scheinen schon zu fruchten“, sagte der Wirt. „Wie ich mit Freuden bemerke, hat das Bild zumindest Ihre Aufmerksamkeit erregt.“

Marietta Kundzienna nickte. „Ich kenne die meisten Werke von Paul Klüber, aber diese Stillleben-Reproduktion sehe ich heute zum ersten Mal. Haben Sie die gemacht?“

„Ja, das Original hing übrigens früher einmal genau an der gleichen Stelle."

Die Journalistin legte die Stirn in Falten. „Hing? Wo befindet es sich denn jetzt?"

„Ach, das ist eine komplizierte Geschichte. Um es kurz zu machen: Einer meiner Logiergäste hat es mir vor Jahren abgekauft, ein gewisser Richard Neumann."

„Doch nicht etwa der neulich an der Wendebuche tödlich verunglückte Frankfurter Archäologe?"

„Doch, genau der. Was er anschließend mit dem Gemälde gemacht hat, da bin ich leider überfragt."

„Es soll im letzten Jahr in einer Galerie in Japan aufgetaucht sein."

„So? Das Stillleben mit den Goldpunkten?"

„Ja. Falls es nicht ein ähnliches Klüber-Werk gibt."

„Unwahrscheinlich. Ich habe mich informiert. Mein Klüber ist mit hoher Sicherheit das einzige seiner Bilder, auf dem keltische Münzen abgebildet sind. Dass es sich bei den runden, goldenen Objekten um sogenannte Regenbogenschüsselchen handelt, hatte ich, nebenbei gesagt, schon immer vermutet. Professor Neumann als Experte konnte mich in meiner Meinung bestätigen."

„Sie haben wirklich ein außergewöhnliches Werk besessen!" Brigitte Hausmann kramte erneut in der Handtasche und hielt dann eine Digitalkamera in der Hand. „Hätten Sie etwas dagegen, wenn ich die Reproduktion fotografiere?"

„Nur zu, nur zu! Und falls Sie die Aufnahme irgendwann für einen Zeitungsartikel verwenden wollen, dann bitte mit dem Vermerk: ‚Foto: J. Storch, Haus Forellenbach, Hilders.'" Der Wirt grinste verschmitzt. „Geschickt platzierte Schleichwerbung, noch dazu gratis, kann nie schaden."

„Wohl wahr. Aber ein derartiger Vermerk ist schon aus rechtlichen Gründen unerlässlich, und jede gewissenhafte Redaktion wird vor Abdruck sogar noch Ihre schriftliche Einverständniserklärung anfordern."

Jürgen Storch spitzte plötzlich die Ohren. Auch die beiden Frauen hörten nun das Knirschen auf dem Kiesweg.

„Das dürfte Professor Kawaguchi sein", meinte der Wirt. Marietta Kundzienna und ihre Kollegin folgten ihm aus dem Frühstücksraum in den Rezeptionsbereich.

Sein Englisch war um Klassen besser als das seiner japanischen Kollegen. „Ich habe draußen ein Auto gesehen, das sonst nicht hier steht. Da wusste ich, dass Sie noch da sind", begrüßte Yasunari Kawaguchi die Journalistinnen. „Nett, dass Sie auf mich gewartet haben." Er deutete auf eine Treppe. „Wenn ich Sie für das Interview zu mir nach oben bitten dürfte ..."

Professor Kawaguchi logierte in einem Apartment wie der Archäologe aus Sapporo, das indes tipptopp aufgeräumt war. Durch zwei Fenster konnte man auf die Kfz-Stellplätze der Hausgäste blicken.

Marietta Kundzienna fiel auf, dass vier Skoda Yeti der Firma Geodata dort parkten, also musste sich außer den drei Japanern noch ein weiterer UNESCO-Wissenschaftler bei Jürgen Storch eingemietet haben.

Daraufhin befragt, antwortete Kawaguchi: „Mein Nachfolger, Professor Nattori, ist gestern eingetroffen. Es ist sein erster Forschungsaufenthalt in Deutschland. Ich werde ihn ein paar Tage mit der Aufgabenstellung der UNESCO vertraut machen, um anschließend in Japan ein archäologisches Projekt der Waseda Universität von immenser nationaler Wichtigkeit zu betreuen. Ich bitte um Ihr Verständnis, wenn ich mich dazu nicht weiter äußern möchte. Aber der Grund Ihres Kommens ist ja eh ein anderer, wie Sie am Telefon kurz andeuteten. Bitte, schießen Sie los."

Nachdem alle Fragen in Zusammenhang mit „Schnittpunkte der Geographie bedeuten Schnittpunkte der Archäologie" gestellt und von dem Professor beantwortet worden waren, lenkte

Brigitte Hausmann das Gespräch auf die anderen am Projekt beteiligten Forscher und natürlich auch auf den Unfall von Richard Neumann.

„Ich war offenbar der Letzte, der mit ihm geredet hat", sagte Kawaguchi. „Er war ein hervorragender Keltologe. Sein Tod bedeutet einen schweren Verlust für die Wissenschaft."

„Professor Neumann ist auf dem Heimweg zum Haus Forellenbach verunglückt. Zuvor war er bei einer Finissage in der Kunststation Kleinsassen. Mit Ihnen?" fragte Marietta Kundzienna.

„Ja. Er hatte eine Einladung aus Marokko bekommen und wollte in der Jahresmitte verschiedene Ausgrabungsstätten im Rif Gebirge besuchen. Dort waren Bronzegegenstände gefunden worden, die eventuell kelto-iberischer Herkunft wären: Gewandfibeln, Waffenfragmente und so weiter. Naturgemäß hielt er sich über die diffizile politische Situation in Nordafrika auf dem Laufenden. Die Fotoausstellung in Kleinsassen versprach zumindest, eine Facette dieser Thematik zu beleuchten. Aber zurück zu Ihrer Frage. Ja, ich habe zusammen mit Professor Neumann die Finissage besucht. Als er mir von den Funden erzählte und mein Interesse bemerkte, lud er mich ein, ihn nach Marokko zu begleiten. Selbstverständlich war auch ich von der Möglichkeit fasziniert, dass als Folge einer kelto-iberischen Überquerung der Gibraltar-Meerenge keltische Kulturgüter in den Maghreb gelangt sein könnten. Ich hatte ihm also spontan meine Mithilfe versprochen, da das Projekt in Japan, von dem ich Ihnen berichtete, spätestens bis zu den Sommersemesterferien der Universitäten beendet sein muss." Yasunari Kawaguchi seufzte. „Durch den tragischen Unfall meines Kollegen ist diese Reise natürlich hinfällig geworden."

„Die Polizei äußerte die Vermutung, ein Herzinfarkt wäre vielleicht die Ursache von Professor Neumanns Unfall gewesen", sagte Brigitte Hausmann. „War sein Verhalten an besagtem Abend denn irgendwie auffällig? Wirkte er zum Beispiel kurzatmig oder unkonzentriert?"

„Weder noch. Vielleicht war er eine Spur gesprächiger als gewöhnlich. Vor unserer Verabredung in der Kunststation ist er noch mit einem alten Schulfreund, den er lange nicht gesehen hatte, irgendwo Kaffee trinken gewesen, und die Begegnung schien ihn sehr erfreut zu haben. Wo, erzählte er mir nicht, aber dass man dort köstlichen hausgemachten Kuchen bekommen würde. Als ich jedenfalls vor ihm in Kleinsassen aufbrach – gerade als er ins Auto steigen wollte, erhielt er nämlich einen Anruf auf sein Handy, den er noch auf dem Parkplatz annahm und neben dem Wagen lebhaft beantwortete –, wirkte mein verehrter Kollege alles andere als krank."

Brigitte Hausmann und Marietta Kundzienna fuhren nach dem Interview direkt zur Kunststation Kleinsassen.

*

Nicht das Café, Kobayashi-sans Küche diente als Beratungszimmer. Außer den Journalistinnen waren der Stipendiat mit seinem Schulfreund Watanabe, der Direktor, Heribert Fladung und Klaus Esbeck anwesend. Hasso selbstverständlich auch, der unter dem Küchentisch ein Nickerchen hielt, völlig unbeeindruckt von der konzentrierten, angespannten Atmosphäre, die die Menschenwesen verbreiteten. Nach dem Bericht von Marietta Kundzienna bedankte sich Anton Rundvoigt im Namen aller für das Engagement der Frauen.

Anschließend bat Watanabe-san um das Wort. „Ihre Recherchen, meine Damen, bedeuten eine wirklich wertvolle Hilfe, nur leider ist es so wie bisweilen beim Erforschen des Weltalls: Man richtet ein starkes Teleskop auf den Nebel einer fernen Galaxis und erkennt endlich einzelne Gestirne. Dann tauscht man das Objektiv durch ein leistungsfähigeres aus und kann auch die Oberfläche der Planeten betrachten. Und so weiter und so weiter. Will sagen: Eine neu gewonnene Erkenntnis wirft häufig Fragen auf, die sich vorher nicht gestellt haben."

„Die da wären?" sagte Esbeck.

Watanabe-san ballte seine linke Hand zur Faust und reckte dann den kleinen Finger. „Erstens, und es wurde schon von Frau Kundzienna thematisiert: War Professor Sakamoto wirklich die ganze Zeit über auf Vortragsreise in Berlin? Auch mit einem schnellen Wagen lässt sich die Distanz Berlin – Kleinsassen in weniger als sechs Stunden bewältigen." Der Ringfinger schnellte aus der Faust. „Zweitens: Professor Honda behauptet, sich überhaupt nicht für moderne Kunst zu interessieren, könnte aber dennoch der Mann gewesen sein, mit dem Neumann sich vor der Finissage getroffen hatte."

„Moment mal, die besagte Person war doch laut Professor Kawaguchi ein alter Bekannter von Neumann, oder?"

„Und wenn er ihm nicht die Wahrheit gesagt hätte?"

„Tja", meinte Direktor Rundvoigt. „Das sollte zumindest in Erwägung gezogen werden."

Watanabe-san nickte, und sein Mittelfinger entfaltete sich. „Drittens: Professor Kawaguchi war der Letzte, der mit Neumann geredet hat. Aber hat er seinem deutschen Kollegen auch das Gift verabreicht? Ich will Sie nicht mit pharmakologischen Details belasten, man kennt Substanzen, die eine tödliche Wirkung erst nach einer gewissen Zeit entfalten. Manche, allerdings sehr seltene, Depotstoffe sogar erst nach zwei, drei Wochen!"

Heribert Fladung schaute ihn ungläubig an. „Sowas gibt's auch schon?"

„Ja. Der wissenschaftliche Fortschritt hat durchaus seine Schattenseiten."

„Man denke nur an das Abhören angeblich abhörsicherer Telefonate", sagte Brigitte Hausmann.

„Oder das Knacken von E-Mail-Verschlüsselungen durch NSA, BND und Co.", fügte ihre Journalistenkollegin hinzu.

Watanabe-san zog es vor, die beiden Sätze nicht zu kommentieren und ließ stattdessen den Zeigefinger emporschnellen. „Viertens, meine Damen und Herren: Könnte der Mann, der Professor Kawaguchi demnächst ersetzt, nicht schon früher angekommen sein und sich mit Neumann getroffen haben?"

„Aber er hat doch vorher nie mit Neumann zusammengearbeitet", warf Kobayashi-san sichtlich irritiert ein.

„Der Name war doch Nattori, nicht wahr?" wandte Watanabe-san sich an die Frauen. Sie bejahten.

Watanabe-san betrachtete seinen Daumen. „Unter den Archäologen, die zu den Teams gehörten, die in Hiroshima, Kôbe und Kyôto nach Artefakten aus der Vor-Nara-Periode gegraben hatten, befand sich ebenfalls immer ein Professor Nattori, so ich mich recht erinnere." Der Daumen gesellte sich zu den vier ausgestreckten Fingern. „Damit wäre ich bei der Frage angelangt: Wie viele Personen sind eigentlich in das Auftauchen eines Regenbogenschüsselchens und einer Fuhonsen-Münze bei einem japanischen Yakuza-Boss verwickelt? Professor Neumann sicherlich, aber wer noch? Nur einer meiner Landsleute aus dem UNESCO-Team? Am allerwichtigsten ist aber: Falls jemand aus dem Haus Forellenbach wirklich in die kriminellen Vorgänge involviert sein sollte, dann wird er, wie damals in Fujisawa, zügig handeln, sobald er die Stillleben-Reproduktion im Frühstücksraum bemerkt."

„Und sie beseitigen oder zumindest zerstören?" fragte Brigitte Hausmann.

„Das würde nur unnötige Aufmerksamkeit erregen", widersprach Watanabe-san, „zumal Herr Storch niemandem gegenüber einen Grund hätte zu verschweigen, dass Sie, Frau Hausmann, das Bild fotografiert haben." In seinem Gesicht zeichnete sich plötzlich tiefe Ratlosigkeit ab, und er murmelte: „Wie immer auch dieses Handeln aussehen mag."

Jeder im Raum hing seinen Gedanken nach, um wenigstens eine vage Antwort auf eine der Fragen zu finden, gab aber schließlich die Bemühungen auf.

Während Watanabe-sans Überlegungen hatte die Digitalkamera von Brigitte Hausmann die Runde gemacht und war nun beim Stipendiaten angelangt. Er tippte auf das Klüber-Stillleben im Display. „Wie groß schätzen Sie denn das Foto im Haus Forellenbach?"

Marietta Kundzienna suchte Blickkontakt mit ihrer Kollegin. „Was meinst du? Vierzig mal fünfzig?"

„Eher kleiner. Vielleicht dreißig mal vierzig."

„Aha!" sagte Kobayashi-san. „Dann hat Herr Storch die Reproduktion in etwa auf die Dimension des Originalformats gebracht."

„Cousin Jürgen wollte sich mit dem Foto bestimmt die Erinnerung an die zwei Familienerbstücke sichern", sagte Heribert Fladung. „Das Klüber-Stillleben und das Regenbogenschüsselchen haben ihm immerhin eine Menge dringend benötigtes Geld eingebracht."

Watanabe-san wandte sich mit der Bitte um die Bilddatei an Brigitte Hausmann, und die Journalistin versprach, sie per E-Mail zu schicken. Esbeck signalisierte durch Handzeichen, dass auch er und Kobayashi-san eine Kopie wünschten.

„Was war eigentlich mit meinen Fotos?" wollte der Stipendiat wissen. „Du meintest, ihr hättet im Büro eine spezielle Software für die Korrektur von Bildunschärfen."

Watanabe-san schüttelte den Kopf. „In diesem Fall war auch modernste Technik machtlos. Du hattest beide Aufnahmen leider viel zu stark verwackelt, außerdem fehlte jedes Mal ein wichtiger Bildausschnitt gänzlich: der mit der Signatur und dem Datum. – Nein, der Schlüssel des Geheimnisses liegt nicht hier in der Rhön, sondern in Japan. Wenn man herausfinden könnte, wer dort jetzt im Besitz des Gemäldes ist, dann würden vermutlich alle meine Fragen von vorhin obsolet werden." Er machte eine Sprechpause, und Esbeck ahnte, was Watanabe-san danach sagen würde, denn dafür bedurfte es nicht unbedingt hellseherischer Fähigkeiten. „Ich beabsichtige, mich deshalb für einige Tage in Japan persönlich in die Recherchen meiner Mitarbeiter einzubringen."

„Mit wehendem Banner an der Spitze der Mannschaft?" fragte sein Schulfeund.

„Diese Gepflogenheit mag zwar bei den alten Kelten noch die Regel gewesen sein." Über Watanabe-sans Gesicht huschte ein Lächeln. „Moderner Truppenführung entspräche sie jedoch kaum."

„Der Herr General sitzt also im sicheren Betonbunker, und die Soldaten hocken in selbstgegrabenen Erdlöchern", lästerte Marietta Kundzienna.

„Und während man vorne Wassersuppe löffelt, delektiert sich der Oberkommandierende an Räucherlachs oder an mit Wildfilets belegten Weißbrotschnittchen", ergänzte Brigitte Hausmann.

„Aber, aber, meine Damen! Solche Szenarien entsprächen überhaupt nicht dem demokratischen Verständnis einer zivilen Behörde, wie es unsere Agentur für Zusammenarbeit pflegt. Der Denkansatz Ihrer Vermutung indes stimmt. Ich werde bei den Ermittlungen überwiegend im Hintergrund bleiben."

„Also ist Ihr Platz doch oben auf dem Feldherrenhügel."

Watanabe-san verbeugte sich. „Damit liegen Sie nicht völlig falsch. Jemand muss schließlich den Überblick behalten. Meine Aufgabe im Büro ähnelt ein wenig der eines Chefredakteurs, der die Beiträge seiner Journalisten beurteilen und entscheiden muss, was gedruckt wird."

Anton Rundvoigt warf einen Blick auf seine Armbanduhr. „Ich habe noch einen Termin mit einem Bildhauer in Hünfeld. Wenn wir nichts Wichtiges mehr zu besprechen haben, würde ich jetzt gerne aufbrechen."

„Was für heute gesagt ist, ist gesagt, Herr Direktor." Watanabe-san erhob sich. Alle folgten seinem Beispiel. Hasso unter dem Küchentisch auch. Er gähnte und gab eine Kurzdarbietung von Hunde-Yoga: Vorderpfoten spreizen, die Vorderläufe langmachen, den Kopf in den Nacken strecken und mit den Augen starr einen imaginären Punkt unter der Tischplatte fixieren.

„Wann fliegst du?" fragte Esbeck seinen Aikidô-Partner.

„Ich warte noch auf einen Bericht über diverse Telefonate zwischen Professor Richard Neumann und einigen Personen in Japan. Sowie ich die Gespräche ausgewertet habe, geht's los. Zuvor allerdings hätte ich noch gerne ein paar Worte mit dem Cousin unseres Vermieters gewechselt, ohne dass die Gäste im Haus Forellenbach davon etwas mitbekommen. Herr Fladung wird das sicherlich einfädeln können."

15. Kapitel

Das Inferno der Seelower Höhen

Der 15. April 1945 war ein herrlicher warmer Tag, ein relativ ruhiger sogar, denn nur vereinzelt wurde die Stille durch eine Geschützsalve aus den russischen Aufmarschräumen am Ostufer der Oder zerrissen. Quasi über Nacht empfanden die Soldaten selbst ihre zumeist inadäquate Winterbekleidung als zu dick. Aber der makellos blaue Himmel über dem Bruch oder der Geruch von Frühling, der von den Feldern in die Schützengräben und in die befestigten deutschen Stellungen wehte, vermochte die Stimmung der Landser nicht aufzuheitern. Die Ruhe und das Prachtwetter waren trügerisch, denn der Angriff der Russen konnte jederzeit erfolgen. Generaloberst Gotthard Heinrici hatte von einem gefangenen Rotarmisten den genauen Angriffstermin erfahren. Bei Einbruch der Dunkelheit befahl er deshalb die Verlegung des Großteils der Fronttruppen und positionierte sie weiter hinten in strategisch günstigeren Stellungen auf den Seelower Höhen.

Unter den Einheiten, die in den Dörfern der Ebene zur Tarnung als Kanonenfutter der Truppenbewegungen zurückgelassen wurden, war auch die von Paul Klüber. Die Kirchtürme überall hatten Pioniere zerstört, damit sie der feindlichen Artillerie nicht als Markierung dienen konnten.

Der Maler hatte keinen Versuch mehr unternommen, sich zu merken, wie die Ortschaft hieß, in der seine Kompanie jetzt lag – genauer gesagt die jämmerlichen Reste davon. Zu viele Ortsnamen hatte er während des Rückzugs gehört: russische, polnische und nun deutsche.

Als der Gefreite Müller, Kurzwarenhändler aus dem Vogelsberg, den selbst extreme Kurzatmigkeit nicht vor dem Einzugsbefehl bewahrt hatte, Paul Klüber um Mitternacht bei der Wache in einem Vorpostenloch ablöste, war der Himmel sternenklar. Der Maler kehrte auf kürzestem Weg in den Keller des Pfarrhauses neben dem gesprengten Turm zurück, in dem einige Soldaten sich notdürftig eingerichtet hatten. Die meisten der Kameraden schliefen, nur der Kompaniechef, ein Infanterieleutnant mit einer Augenklappe, war noch wach und studierte im Schein von zwei Stearinkerzenstummeln eine speckige Landkarte. Mit einem Nicken gestattete der Offizier es dem Maler, sich neben ihn zu setzen.

Paul Klüber schob eine umgestülpte Brennholzkiepe an den improvisierten Tisch – zwei Bohlenbretter auf Sägeböcken –, zog einen Briefbogen aus seiner Drillichjacke und strich das Papier glatt. „Wissen Sie, wo die nächste Feldpost-Annahmestelle ist, Herr Leutnant?"

Der Offizier schaute hoch, lachte heiser und antwortete mit einer Gegenfrage. „Unsere oder die vom Iwan?" Er zupfte kurz an seiner Augenklappe, starrte wieder auf die abgegriffene Landkarte, stand dann auf und legte sich auf eine Pritsche.

Der Maler begann zu schreiben. Er formulierte sorgsam, weil ansonsten die Zensur den Brief womöglich nicht befördern würde:

Liebe Erika,

wenn Dich dieser Gruß erreicht, wird sicherlich der Frühling auch in Kleinsassen Einzug gehalten haben. Ich hoffe, Dir geht es gut und meine vorherigen Briefe sind alle im Haus Dochnahl angekommen. Hier, wo wir stationiert sind, stehen uns demnächst sehr schwere Zeiten bevor. Deshalb möchte ich Dir, da ab jetzt wohl kaum mehr Gefahr besteht, dass in der Rhön noch viel Schnee fallen wird, dringend ans Herz legen, der Wendebuche einen Besuch abzustatten. Dort in der Nähe ist eine von hohen Bäumen überdachte Senke, ein wunderschönes kleines Tal, das ich einmal entdeckte, als ich bei einer Wanderung zu einer Stelle kam, an der gerade ein Regenbogen die Erde berührte.

Mein Geburtstagsgeschenk weist Dir die Richtung, wenn Du der Punktreihe parallel zum Ast folgst. Wie viele Schritte ich dafür damals etwa benötigt hatte, zeigt die vierstellige Zahl unten rechts, aber bitte ignoriere die letzte, die kleingeschriebene Ziffer ...

Die Kerzenstummel drohten zu verlöschen. Paul Klüber faltete den Brief und steckte ihn weg. Bleierne Müdigkeit überfiel ihn. Seinen Kopf auf den verschränkten Armen gebettet, schlief er am Tisch ein.

Morgens um vier weckte ein Trommelfeuer der Russen den Maler. Er hastete nach oben ins Freie, und ihm bot sich ein gespenstisches Bild: Aus dem von wirbelndem Staub und Schwefelschwaden künstlich erzeugten Dämmerlicht rückte eine ungeheure Masse schwerer Panzer über die Ebene auf die deutschen Stellungen vor. Die Sowjetarmee trat mit über zwei Millionen Soldaten, mehr als 6.000 Panzern, 41.600 Geschützen und 7.500 Flugzeugen zum Sturm auf Berlin an.

Plötzlich spritzte eine Fontäne in die Höhe. Eine Granate hatte die Wasserleitung getroffen. Paul Klüber rannte in das Pfarrhaus zurück und stieg auf den Dachboden. Erste Geschosse schlugen auf dem Dorfplatz ein. Instinktiv duckte er sich. Als er wieder aus der Dachluke zu spähen wagte, sah er, wie eine gigantische Feuerwand direkt auf das Dorf zuwalzte, die alle Häuser, Panzersperren oder betonierte Unterstände verglühte und zerpflückte, als wären sie aus Pappe.

Der Maler griff in die Hüfttasche seiner Drillichfeldjacke und tastete nach dem angefangenen Feldpostbrief.

*

Auf die Wehrmachtsstellungen westlich der Oder gingen am 16. April 1945 mehr als eine Million Granaten nieder. Die Berliner erhielten einen Vorgeschmack auf das, was ihnen in Kürze bevorstand. In der knapp einhundert Kilometer entfernten Reichshauptstadt wackelten plötzlich die Wände, Bilder fielen herab, und Telefone begannen durch die Erschütterungen zu klingeln.

Man schätzt, dass mindestens 33.000 sowjetische und 12.000 deutsche Soldaten in der Schlacht um die Seelower Höhen fielen. Über das Schicksal der in den letzen Wochen des Zweiten Weltkriegs als vermisst gemeldeten Soldaten beider Seiten liegen nur selten verlässliche Angaben vor.

*

Eine Metalltafel neben der St. Laurentius Kirche erinnert an die Opfer des Zweiten Weltkriegs. Da in Kleinsassen selbst keine Kampfhandlungen stattgefunden hatten und der Ort auch von alliierten Bombenangriffen verschont geblieben war, werden es die Namen vermisster und umgekommener Wehrmachtssoldaten aus dem Dorf sein, zumal die Tafel ausschließlich männliche Vornamen nennt.

Paul Klüber ist eine der vierundvierzig aufgelisteten Personen.

16. Kapitel

Eine Museumshalle wird zur Aikidô-Bühne

„Was mir hier ehrlich gesagt manchmal fehlt, ist ein ordentliches Workout."

„Wo ist denn die nächste Trainingsmöglichkeit?"

„In Fulda."

Watanabe-san schmunzelte. „Das wäre nicht am Ende der Welt."

„Richtig, aber bei dem merkwürdigen Wetter bislang doch ein gehöriger Aufwand."

Klaus Esbeck, sein vierbeiniger Begleiter und Watanabe-san erreichten die Einmündung des Stellbergwegs.

„Kobayashi meinte, Herr Rundvoigt hätte bestimmt nichts dagegen, wenn wir beide dort hin und wieder etwas üben würden, solange die Ausstellungsräume rechterhand vom Café frei sind."

„Ich habe den Direktor auch gefragt. Er ist einverstanden."

„Na bitte! Und ab wann könnten wir rein? Die Station macht doch für Besucher erst um elf Uhr auf, oder?"

„Ja, außer montags. Dann hat sie ganztägig zu. Aber an den anderen Wochentagen kommen die Frauen vom Café immer gegen neun."

„Also morgen um zehn auf ein halbes Stündchen?"

„Mit Vergnügen. Messerabwehr?"

„Okay."

Der Japaner kraulte den Setter zum Abschied. Hasso und Esbeck bogen zu ihrem Bungalow ab.

*

Eine Kunststation dient der Förderung und Verbreitung von Kunst. Was Kunst bedeutet, besonders wenn es um die wahre Kunst geht, darüber wurde wahrscheinlich schon vor der Erschaffung des Begriffes gestritten.

Aikidô ist eine effektive Methode, sich zu wehren, hat aber weder mit Ringen noch Boxen noch irgendeiner anderen Art der Selbstverteidigung – etwa Karate – sehr viel gemein. Aus einem gewissen Blickwinkel kann man Aikidô durchaus als eine Kampfkunst bezeichnen, weshalb die temporäre Umnutzung der leeren Halle neben dem Café auch kein Sakrileg darstellte. Allerdings besaß der Raum einem richtigen Aikidô-Dōjō gegenüber einen schwerwiegenden Nachteil: Der Übungsboden war solider Beton und keine die Rollen oder Fälle der Übenden abdämmende Mattenfläche, wie sie ebenfalls beim Judô benötigt wird.

Ein solcher Übungsraum erfordert angepasstes Training. Auf den Wurf eines Partners Aikidô-üblich mit freiem Fall aus Hüfthöhe und dem damit verbundenen energischen Abklatschen (zum Abmildern des Aufpralls) zu reagieren, empfiehlt sich nicht. Esbeck und Watanabe-san beließen es folglich dabei, die Verteidigungstechniken nur anzudeuten und die jeweiligen Würfe oder Gelenkhebel nicht bis zum Ende durchzuziehen.

Als Messer musste ein Hammerstil herhalten, den man sich beim Hausmeister besorgt hatte.

Hasso wurde belehrt, dass er beim Stöckchenspielen als Mitspieler unerwünscht war, und musste am Eingang des Ausstellungsraums Platz machen, was er nur widerstrebend tat, denn Stöckchenspielen kam gleich nach Eichhörnchenjagen. Der Setter rührte sich zwar nicht vom Fleck, ließ jedoch in der darauffolgenden halben Stunde den Hammerstil keine Sekunde aus den Augen.

Watanabe-san zielte mit der Spitze des Holzstabs auf den Brustkorb von Esbeck und stach dann geradlinig zu.

Die Abwehrtechnik war die gleiche wie bei einem Fauststoß. Kurz bevor die Spitze traf und der zustoßende Arm maximal gestreckt war, glitt der Verteidiger seitlich aus der Angriffslinie. Beidhändig das Handgelenk des Messerarms so drehend, dass die Ellenbogenbeuge des Angreifers nach oben zeigte, duckte Esbeck sich und legte den immer noch gestreckten Arm mittig auf seine Schulter. Beim sich wieder Aufrichten wurde zeitgleich die Hand mit der Waffe nach unten gezogen. Letzteres geschah mehr oder weniger in Zeitlupe, denn wäre die Aktion ruckartig ausgeführt worden, hätte der angewandte Armstrecker das Ellenbogengelenk unweigerlich zersplittert. Watanabe-san gab vor, der Hebel wäre mit aller Kraft appliziert worden, und ließ das Messer fallen.

„War ich zu langsam?"

„Das ganz bestimmt nicht", sagte Esbecks Aikidô-Partner.

Nach viermaligem Ausführen wechselten sie Angreifer- und Verteidigerrolle. Da alle Bewegungen mit größtmöglicher Geschwindigkeit ausgeführt wurden, erwiesen sich die dreißig Übungsminuten in der Ausstellungshalle auch ohne zu fallen oder zu rollen als äußerst schweißtreibend. Vorsorglich hatten die Männer Unterkleidung zum Wechseln dabei.

„Können wir oben bei Kobayashi-san ins Badezimmer?" fragte Watanabe-san, als sie dem Hausmeister um Viertel vor elf den Hammerstil zurückbrachten, den der Setter weiterhin sehnsüchtig beäugte.

„Ja. Er versprach uns sogar ein zweites Frühstück."

Der Stipendiat bedachte zu allererst Hasso mit einem Stückchen Rhöner Schwartemagen, bevor er den Freunden nach dem Duschen auftischte.

„Ich habe Punkt zwölf einen Termin bei Jürgen Storch. Natürlich werde ich dort nicht – wie heißt es im Deutschen doch gleich – mit der Tür ins Haus fallen. Herr Fladung hat mir den Tipp gegeben, ich soll seinem Cousin einfach erzählen, dass ich in Zukunft Unterkünfte für japanische Individualreisende in der

Rhön brauchen würde. Möchte einer von euch mit?“ fragte Watanabe-san.

Kobayashi-san winkte ab. „Zu mir kommt gleich der Hauselektriker, wegen der Lautsprecher bei Erdgeboren.“

Esbeck stöhnte auf. „Du möchtest also tatsächlich die ahnungslosen Besucher der Installationen mit einer Carnyx-Trompeten-Krachkulisse beglücken?“

„Sicher, werter Herr Nachbar! Jeder von ihnen soll sich schließlich mit allen Sinnen in die Welt des Milseburg-Oppidums zurückversetzen können. Unten im Café wird es dann auch passendes keltisches Naschwerk geben, in Schmalz gebackene Honigplätzchen und so weiter.“

„Und wie stellst du dir vor, den Geruchssinn der Leute zu stimulieren?“

„Durch Spanferkel, über offenen Feuerstellen gegrillt.“

„Honigkringel und Spanferkel verstehe ich, aber was bitte sind diese Kannix-Trompeten?“ wollte Watanabe-san wissen.

Der Stipendiat zückte augenblicklich sein Smartphone.

Esbeck verdrehte die Augen.

Als Kobayashi-san das Gerät wieder zum Verstummen brachte, kommentierte sein Schulfreund die Klangprobe nicht etwa teutonisch-direkt mit: „Das ist ja grauenvoll!“ sondern murmelte, wie interessant das Gehörte doch gewesen wäre.

*

Klaus Esbeck fuhr mit Watanabe-san nach Hilders. Der Besitzer vom Haus Forellenbach erklärte erst einem Gast den Weg nach Fulda, bevor er sich ihnen widmen konnte. Da Heribert Fladung nur den Japaner angekündigt hatte, stellte der seinen Begleiter vor. Allgemeines Händeschütteln.

„Esbeck, Esbeck“, murmelte der Wirt. „Irgendwie ist mir der Name geläufig.“

„Ich wohne wie Herr Watanabe ebenfalls in einem Ferienhaus Ihres Cousins in Kleinsassen. Am Stellbergweg."

„Das wird es sein, obwohl ..."

„Vielleicht erinnern Sie sich an zwei frühere Besuche von mir vor langer Zeit, als ich Gast bei Ihrem verstorbenen Onkel in Simmershausen war", kam Esbeck ihm zu Hilfe.

Aber Jürgen Storch musste passen. „Mein Cousin erzählte mir, Sie sind auf der Suche nach Ferienwohnungen für Individualreisende aus Nippon?"

„Ja. Es hat sich herumgesprochen, dass Ihr Haus besonders bei meinen Landsleuten sehr beliebt ist", sagte Watanabe-san.

„Das freut mich."

„Wäre es denn möglich, eines der Zimmer oder Apartments zu sehen?"

„Im Moment sind alle belegt. Aber wenn es Ihnen nichts ausmacht, können Sie vom Flur aus kurz hineinschauen. Im Obergeschoss ist gerade die Putzfrau zugange."

„Gerne, uns geht es ja bloß um eine Impression."

Oben angelangt, wies Jürgen Storch auf die erste von mehreren offenen Türen. „Hier zum Beispiel wohnt ein Professor aus Tôkyô."

Esbeck räusperte sich. „Ihr Cousin sagte mir, dass momentan mehrere UNESCO-Mitarbeiter wegen ‚Schnittpunkte der Geographie bedeuten Schnittpunkte der Archäologie' bei Ihnen untergekommen sind."

„Ja, der Professor ist einer von den Wissenschaftlern."

Watanabe-san trat näher an die Türöffnung. Die Putzfrau bemerkte ihn, ihren Chef und Klaus Esbeck, schaltete den Staubsauger aus und wünschte allen einen guten Tag.

„Lassen Sie sich bitte nicht stören, liebe Frau Mehler", erklärte der Wirt. „Die Herren hier wollten bloß einen kurzen Blick in die Zimmer werfen."

„Wirklich sehr schön!“ Watanabe-san stellte sich direkt in die Türöffnung. „Und was für eine fabelhafte Aussicht! Schau mal, Kurausu-san!“ Er machte Platz für seinen Aikidô-Partner.

„In der Tat!“ bestätigte Esbeck. „Gilt das für alle Räume?“

„Für die Apartments auf dieser Seite schon.“ Jürgen Storch bat seine Besucher, sich auch die anderen Zimmer anzusehen. Jedes Mal wurden die Räumlichkeiten von der Türschwelle aus begutachtet und erneut die Aussicht und die geschmackvolle Einrichtung gelobt.

Wieder zurück im Erdgeschoss fragte Watanabe-san, ob man über einen Konferenzraum verfügen würde.

„Leider nein. Wir behelfen uns bei Bedarf mit dem Frühstückssaal. Hier entlang, bitte.“

Das Zimmer bot reichlich Raum für sämtliche Hausgäste. An der Stirnwand hing weiterhin das Wendebuchen-Stillleben.

Esbeck mimte den Überraschten. „Nanu, das ist doch ein Klüber-Gemälde wie bei mir am Stellbergweg!“

„Nur eine Foto-Reproduktion.“ Der Wirt erzählte ihnen, was mit dem Original geschehen war. Es war die bekannte Geschichte.

Plötzlich sah Watanabe-san, wie Esbeck strauchelte und dann eine voluminöse Tasche hochhob.

Esbeck warf einen Blick auf das Plastikschild am Griff. „Pardon, die hatte ich glatt übersehen.“

„Mein Fehler“, sagte der Wirt. „Ich hätte sie nicht hier herumstehen lassen, sondern gleich zu mir ins Büro bringen sollen.“

„Geodata? Diese Firma stellt doch den Fuhrpark für die Forscher.“

Der Wirt nickte. „Den Helikopter, der immer im Tiefflug über die Rhön flattert, auch. Alle zwei, drei Tage liefert ein Kurierdienst die neuesten Luftauswertungsdaten des Projekts in einem solchen Aktenkoffer hierher.“

„Verstehe", sagte Esbeck. „Ich traf Professor Neumannn einmal in der Kunststation Kleinsassen. Er hatte einen ähnlichen Koffer dabei – wohl weil er der Leiter der internationalen Archäologengruppe war?"

„Das war er mit Sicherheit nicht", widersprach der Wirt. „Die Team-Angehörigen sind alle gleichberechtigt. Mal holte einer der Japaner, mal Professor Neumann den Koffer bei mir ab, um danach die anderen Forscherkollegen über die Ergebnisse zu unterrichten."

Versehen mit einem Packen Werbeprospekten über das Haus Forellenbach verließen Esbeck und Watanabe-san Hilders.

„Jetzt wissen wir zwar, was sich normalerweise in den großen Aktentaschen befand, klüger sind wir deshalb kaum. Die Tasche, die Neumann an dem Abend in der Hand hatte, wird er unten auf dem Parkplatz einfach an Professor Kawaguchi zur Durchsicht weitergegeben haben."

„Ganz meine Meinung", pflichtete Esbeck ihm bei. „Aber wie nun weiter, wo auch der Verbleib des Aktenkoffers hinlänglich erklärt zu sein scheint?"

Watanabe-san brummelte nur Unverständliches und blieb eine Antwort schuldig.

*

Hasso räkelte sich nach dem Abend-Gassi zufrieden sein Gute-Nacht-Leckerli verdauend vor dem Kamin, während sein Leihherrchen auf dem Laptop Brigitte Hausmanns Bilddatei des Stilllebens studierte. Mit einer modernen Kamera fotografiert war die Aufnahme der Reproduktion selbstverständlich um Klassen besser als Kobayashi-sans verwackelte Versuche, das Original in der Yamaguchi-Galerie abzulichten. Selbst die mehrfache Vergrößerung eines Gemäldeausschnitts blieb gestochen scharf. Erst so erkannte man, dass Paul Klüber die Goldpunkte mit fast unsichtbaren Pinselstrichen mit keltischen Motiven versehen hatte: einer gehörnten Gestalt, einem die Sonne darstellendes Speichenrad, einem stilisierten Pferd. Esbeck überlegte, ob die pfeilähnlichen Markierungen auf der ockerfarbigen Obstschale wohl ebenfalls irgendeine symbolische Bedeutung haben würden.

In diesem Augenblick schreckte der Setter hoch, rannte bellend zur Haustür, und schon schellte die Klingel. Die Uhr über der Klüber'schen Wendebuche an der Kaminwand zeigte zehn nach eins an.

„Ja, bitte?"

„*Boku da!*" kam Watanabe-sans Antwort.

Esbeck entriegelte die Tür. „Du leidest nicht zufällig unter gelegentlichen Schlafwandel-Attacken?"

„Ich war selten so wach wie jetzt."

„Also dann hereinspaziert, der Herr!"

Aber Watanabe-san schüttelte den Kopf, blieb draußen stehen und reichte Esbeck einen USB-Stick. „Unmöglich. Ich will noch einen zweiten Stick mit identischem Inhalt zu Kobayashi-san bringen und mache mich danach auf den Weg nach Frankfurt."

„Um diese Zeit?"

„Ist leider nicht zu ändern. Ich habe eben mit Mühe und Not im Internet einen Platz buchen können. Meine Maschine geht schon um halb acht. Ich fliege via Paris."

„Weshalb die plötzliche Eile?"

„Wenn du die beiden Dokumente auf dem Datenträger liest, weißt du, weshalb."

„Und warum hast du sie uns nicht einfach gemailt?"

„Es handelt sich um sehr sensible Daten, die mir von meinem Büro verschlüsselt übermittelt wurden. Auf den Sticks sind die Dateien in Klartext. Ich habe sie jedoch so umformatiert, dass man sie nur lesen, aber nicht mehr an Dritte versenden kann. – Sorry, das war eine reine Vorsichtsmaßnahme und kein Misstrauen euch gegenüber. Glaub mir, mein Lieber, jegliche Kommunikation über Internet ist stets auch eine reichlich löcherige Angelegenheit."

„Wie beispielsweise Skype-Gespräche?" fragte Esbeck scheinheilig.

Watanabe-san entging der ironische Unterton. „Da gibt es weitaus härtere Nüsse, Kurausu-san. Normales Skype zu knacken ist geradezu ein Kinderspiel."

Esbeck bezweifelte das nicht, weil die ominöse und omnipotente Agentur für Zusammenarbeit bei Bedarf bestimmt auf Top-Experten jedweder Couleur zugreifen durfte.

„Lasst mich bitte möglichst bald wissen, was ihr von den aufgezeichneten E-Mails und Telefonaten haltet. Die Textkommentare in den doppelten Klammern stammen von mir. Am Ende des zweiten Dokuments steht meine Dienstnummer. Und *diese* Verbindung, das garantiere ich, ist völlig abhörsicher. Außerdem findest du dort noch eine Luftbildaufnahme im JPG-Format." Watanabe-san verabschiedete sich.

Hasso und Esbeck schauten dem kleinen Suzuki-Jeep nach, bis er am Ende des Stellbergwegs nach links in Richtung Dorfmitte abbog.

Als der Setter in den unverhofften Genuss eines weiteren Gute-Nacht-Happens kam und genüsslich an einem gedörrten Schweineohr nagte, legte Esbeck die Bilddatei von Brigitte Hausmann in einem Fotoordner ab. Dann schob er den USB-Datenträger in den Laptop.

17. Kapitel

Anregende Lektüre

((Das mit I. betitelte Dokument auf dem Daten-Stick enthält die Mitschrift von Skype- und Handytelefonaten. Unter II. finden sich die Texte mehrerer E-Mails. Das Datum der Gespräche und die Rufnummern sowie die Sender-/Empfänger-Informationen der elektronischen Briefe sind in einfache Klammern gesetzt und jeweils in chronologischer Reihenfolge angegeben. Bis auf den letzten Anruf stammen alle Telefonate und E-Mails aus dem vergangenen Jahr.))

Klaus Esbeck rief das Dokument I. auf. Es begann mit einer auf Englisch geführten Unterhaltung im Spätherbst des letzten Jahres zwischen Professor Richard Neumann und einer als „Frau X“ bezeichneten Person.

(5. September, 9:05 Uhr, jap. Zeit, Skype/Skype, Englisch/Englisch)

Professor Neumann (Skype-Adr.: richneumannfrft): „Guten Morgen. Neumann hier. Ich müsste dringend Ihren Mann sprechen.“

Frau X (Skype-Adr.: niceshoonanview): „Guten Morgen. Er ist leider nicht daheim. Soll ich Ihnen eine Nummer geben, unter der Sie ihn erreichen können? Haben Sie etwas zum Schreiben?“

Professor Neumann: „Ja.“

Frau X: „Die Nummer lautet 090673414003.“

Professor Neumann: „Danke.“

((„richneumannfrft“ ist Professor Neumanns private Skype-Adresse. Die Adresse „niceshoonanview“ gehört einer Sachiko Miura (wohl kaum der richtige Name der Frau) und wurde erstmals vor drei Jahren auf einem US-amerikanischen Prepaid-

Handy auf Hawaii (Nr.: 001-1-1234567890) aktiviert. Da diese Nummer bei den Ôsaka-Beschlagnahmungen in einem Mobilfunkgerät der Yakuza eingespeichert war, haben wir die nachfolgenden Gespräche routinemäßig aufgezeichnet. Die Rufnummer 090673414003 hingegen ist die Mobilfunknummer eines der Handys, die den Gästen vom Tôkyô Prince Hotel bei Kongressen zur Verfügung gestellt werden, falls ein Hotelgast sein Telefon vergessen haben sollte. Am 5. November fand im Tôkyô Prince das jährliche Treffen der Archäologischen Gesellschaft Japans statt, an dem auch die Professoren Sakamoto, Nattori, Kawaguchi und Honda teilnahmen. Der Anruf von Professor Neumann auf 090673414003 erfolgte fünf Minuten später. Wer im Hotel der Gesprächspartner war, ist unklar, denn das Handy-Mikrophon hatte einen Defekt und verzerrte leider die Stimme des Sprechers in Japan.))

(5. September, 9:10 Uhr, jap. Zeit, Skype/Handy, Englisch/Englisch)

Professor Neumann: „Hier Neumann."

Sprecher im Hotel: „Ah, guten Morgen. Wie ist der Stand der Dinge?"

Professor Neumann: „Ich denke, wir stehen dicht vor der Lösung."

Sprecher im Hotel: „Sehr gut! Ich ahnte, dass das Stillleben einen ... Hinweis auf ... gibt."

Professor Neumann: „Sie hatten in der Tat ein gutes Gespür. Aber ich halte es für unbedingt notwendig, wenn ab jetzt niemand davon erfährt, dass das Bild in Ihrem Besitz ist."

Sprecher im Hotel: „Keine Sorge. Unterrichten Sie mich bitte über den Stand, solange ich in Japan bin, ja?"

Professor Neumann: „Selbstverständlich."

((Nach der Beendigung des Gesprächs ruft der Sprecher vom Tôkyô Prince Hotel sofort die amerikanische Handynummer an. Eine Auswertung der Funkzellen ergab, dass alle Anrufe mit einem Gerät im Großraum Tôkyô geführt wurden.))

(5. September, 9:12 Uhr, jap. Zeit, Handy/Handy, das Gespräch ist auf Japanisch/Japanisch)

Sprecher im Hotel (weiterhin schwer verständlich): „Ich bin's. Wir sollten ... das ... Bild zurück..."

Frau X: „Und weshalb?"

Sprecher im Hotel: „Erkläre ich dir ..."

Frau X: „Wann dachtest du denn?"

Sprecher im Hotel: „Die Konferenz hier geht bis achtzehn ..., also gleich ... vormittags."

Frau X: „Wie du meinst!"

((Am 6. September hat Kobayashi-san die beiden verwackelten Aufnahmen von dem Klüber-Stillleben in der Yamaguchi Galerie gemacht. Als er ein paar Tage später mit der neuen Digitalkamera das Gemälde nochmals fotografieren wollte, war das Bild schon zurückgefordert und abgehängt worden. Warum der Leihgeber nicht ermittelt werden konnte, hatte ich Dir und Kobayashi-san ja gleich bei meiner Ankunft in Kleinsassen erzählt.))

(20. September, 24 Uhr MEZ, Skype „niceshoonanview"/Skype „richneumannfrft", Englisch/Englisch)

Frau X: „Ja, bitte?"

Professor Neumann: „Ich bin's wieder."

Frau X: „Ah, guten Tag. Sie haben leider erneut kein Glück. Er ist momentan auf einer Dienstreise in Kyûshû."

Professor Neumann: „Das macht nichts. Aber könnten Sie vielleicht etwas von mir ausrichten?"

Frau X: „Gewiss."

Professor Neumann: „Sagen Sie ihm bitte, auf der Ausschnittvergrößerung wären deutlich mehrere in Frage kommende Stellen zu sehen."

Frau X: „Sehr erfreulich. Soll er Sie später zurückrufen?"

Professor Neumann: „Unnötig. Wir sehen uns ja eh bald."

((Aus dem Telefonverhalten der Frau kann man schließen, dass sie in die Pläne ihres Lebenspartners/Mannes eingeweiht ist. Mit der Begegnung, auf die Neumann anspielt, wird ein Treffen in Deutschland – in Hilders? – gemeint sein.))

Das letzte – diesjährige – Telefonat bestand nur aus drei Sätzen:

(27. Februar, 9 Uhr MEZ, Öffentlicher Fernsprecher Hilders/001-1-1234567890, Japanisch/Japanisch)

Sprecher in Hilders: „Heute Abend ... ich ihn ... Die ... drängt."

Frau X in Japan: „Sei bloß vorsichtig!"

((Der 27. Februar war der Tag der Finissage von „Momente des Arabischen Frühlings". Fatalerweise erlaubte ein Defekt im Mikrofon des männlichen Sprechers wieder nur eine mangelhafte Aufzeichnung und unbefriedigende Stimmenprofilanalyse des Unbekannten.))

Klaus Esbeck atmete tief durch. Es erforderte keine große Kombinationsgabe, um zu folgern, dass Klübers letztes Stillleben eine verschlüsselte Botschaft barg, die der Öffentlichkeit vorenthalten werden musste. Der noch nicht identifizierte Gesprächspartner und Komplize des Frankfurter Professors spielte zweifelsfrei eine tragende Rolle, was das Auftauchen der Fuhonsen-Münze und des Regenbogenschüsselchens in Ôsaka betraf. Wer aber war dieser Mann? Und weshalb hatte er es für nötig befunden, Neumann, mit dem er bislang zusammengearbeitet hatte, aus dem Weg zu räumen?

Esbeck öffnete das Dokument II.:

((Die ersten drei E-Mails hatte die Abteilung „Archäologische Flugprospektion" der Firma Geodata an Neumann ins Haus Forellenbach geschickt. Der vierte elektronische Briefe hingegen ist ein Schreiben des Professors an die UNESCO-Zentrale in New York.))

(3. September, 17 Uhr MEZ)

„Sehr geehrter Herr Professor Neumann,

die von Ihnen angeforderte Fotostrecke Oberbernhards/Danzwiesen (Sechzehn Aufnahmen) wird Ihnen morgen per Kurierdienst nach Hilders geliefert.

Hochachtungsvoll ...“

(9. September 20.., 16 Uhr MEZ)

„Sehr geehrter Herr Professor Neumann,

das von Ihnen gewünschte erneute Überfliegen der Planquadrate B3 und B4 (Aufnahme Nummer zwei der Fotostrecke) war heute wegen der widrigen Windverhältnisse unmöglich. Laut Wettervorhersage soll das Sturmtief in Hessen auch noch in den kommenden Tagen anhalten. Wir starten, sowie die klimatischen Bedingungen es wieder erlauben.

Hochachtungsvoll ...“

(18. September, 17 Uhr MEZ)

„Sehr geehrter Herr Professor Neumann,

die erbetene Vergrößerung von Planquadrat B4 wird Ihnen morgen oder übermorgen auf dem üblichen Weg zugestellt.

Hochachtungsvoll ...“

((Planquadrat B4, das ergab eine Anfrage meines Büros bei der UNESCO, ist das bewaldete Gebiet (circa 200m x 200m) südöstlich der Stelle, wo die Bubenbader Straße von Danzwiesen kommend auf den Hochrhön-Ring stößt: ergo Wendebuche. Es war mir möglich, besagte Bilddatei zu beschaffen, siehe Dokumentende.))

(20. September, 18 Uhr MEZ, Text auf Englisch von Professor Neumann an Professor Jan Mølgard, den UNESCO-Koordinator von „Schnittpunkte der Geographie bedeuten Schnittpunkte der Archäologie" in New York)

„Lieber Herr Kollege,

nur eine kurze Information nach der Auswertung diverser Flugprospektionsdaten. Neuere Erkenntnisse über das Oppidum Milseburg konnten leider nicht gewonnen werden. Ich sehe folglich in Zukunft den Schwerpunkt unserer archäologischen Recherchen mehr in der Bayrischen Rhön, wo es gleich mehrere Anhöhen gibt, die noch nie auf eine keltische Vergangenheit hin untersucht worden sind.

Mit den besten Grüßen auch von allen Team-Mitarbeitern
Ihr Richard Neumann."

((Interessant, nicht wahr? Neumann sorgt vor, dass ihm keine missliebigen UNESCO-Archäologen im unmittelbaren Milseburg-Gebiet in die Quere kommen.))

Es folgte die Dienstnummer und Luftbildaufnahme.

Aber auch ohne Watanabe-sans Kommentare hatte Esbeck begriffen, wie aufschlussreich die Mails die Telefongespräche ergänzten. Er speicherte die Dienstnummer des Aikidô-Partners in seinem Handy ab und druckte sich die JPG-Datei von Planquadrat B4 aus.

*

Hassos Frühgassi wurde mit einem Besuch bei Kobayashi-san in der Kunststation verbunden. Der Stipendiat war offensichtlich des deutschen Frühstücks überdrüssig geworden. Schwarzbrot, üppig mit Schwartemagen belegt, mochte als Morgenimbiss für einen körperlich schwer schuftenden Rhöner Waldarbeiter angemessen sein, überforderte indes auf Dauer einen bildenden Künstler aus dem Land der aufgehenden Sonne. Deftiges Kümmelbrot, herzhafter Bauernkäse und Schwartemagen wurden keineswegs verschmäht, allerdings nach Möglichkeit erst zu einem Feierabendbier oder Schoppen Wein verzehrt.

Vor Kobayashi-san standen eine Tasse Misosuppe und ein Teller mit gedünstetem Gemüse. In Ermangelung korrekten Geschirrs hatte er davor den Reis in einem eigens aus Nippon mitgebrachten automatischen Elektrokocher platziert. Klaus Esbeck, ein überzeugter Wahljapaner, hatte großes Verständnis für seinen Kamakuraner Nachbarn, denn auch er fühlte sich von den üppigen Wurst- und Käseportionen gleich zu Tagesbeginn langsam überfordert.

Der Stipendiat bemerkte den sehnsüchtigen Blick. „Setz dich, es ist von allem reichlich da."

„Gerne."

Essstäbchen, eine Suppentasse und ein tiefer Teller fanden ihren Weg zum Küchentisch, Hasso wurde mit einem Schüsselchen gekochten Reis versorgt.

Esbeck machte eine Kopfbewegung in Richtung von Kobayashi-sans Atelierraum. Dessen Laptop stand dort noch aufgeklappt neben einem Stoß Fuldaer Zeitungen. „Was hältst du von den Fleißarbeiten der Agentur für Zusammenarbeit?"

Kobayashi-san antwortete mit einer Gegenfrage, während er den Suppentopf und die Gemüsepfanne vom Herd holte. „Ich nehme an, unsere Schlussfolgerung ist die gleiche?"

Esbeck nickte und bediente sich.

Der Setter, der seinen Reis in Windeseile vertilgt hatte, versuchte sein Glück beim Stipendiaten mit dem typischen Hunde-Hypnoseblick, aber auf Esbecks energisches „Jetzt reicht's wirklich, Herr Hasso!" kroch er beleidigt unter den Küchentisch und übte sich stattdessen in der Rolle armer, verhungernder Hund.

„Wie denkst du über einen kleinen Ausflug nach dem Frühstück?" fragte Kobayashi-san.

„Das wollte ich auch eben vorschlagen. Eine Wanderung längs der Bubenbader Straße wäre wenigstens keine Expedition durch Schneewehen; eine matschige Angelegenheit könnte es dennoch werden. Einen Ausdruck der JPG-Datei habe ich übrigens dabei."

„Gut. Doppelt hält besser. Ich hab sie hier drauf und die Stillleben-Reproduktion ebenfalls", sagte der Stipendiat und tippte auf sein Smartphone. „Aber Gummistiefel besitze ich nicht."

„Ich auch nicht."

Hasso musste klammheimlich Japanisch gelernt haben, denn er richtete sich mit gespitzten Ohren – soweit man bei einem schlappohrigen Gordon Setter davon sprechen kann – erwartungsvoll auf.

Der Japaner holte ein Paar knöchelhohe Wanderschuhe, schlüpfte hinein und verschnürte sie umständlich. „Bist du mit dem Auto hergekommen?"

„Nein. Wenn es nicht gerade wie aus Kübeln schüttet, lohnt sich der Aufwand nicht."

Kobayashi-san klatschte in die Hände. „Na, Hasso, Gassi?"

Der Wechsel vom Japanischen ins Deutsche irritierte den Setter überhaupt nicht. Augenblicklich sprintete er zur Küchentür.

18. Kapitel

In flagranti oder „Getrennt marschieren, vereint schlagen“

Gewisse Verhaltensmuster sind nur schwer zu durchbrechen. In Japan herrscht Linksverkehr. Folglich steuerte der Stipendiat am Stellbergweg zielstrebig auf die Fahrertür von Esbecks Leihwagen zu. Noch bevor er den Fehler merkte, streckte Esbeck ihm grinsend den Autoschlüssel entgegen. „Falls du fahren möchtest ...“

„Uff!“ schnaufte Kobayashi-san. „Manche Gleise sind doch eingefahrener, als man denkt.“ Er wechselte auf die andere Fahrzeugseite, während Esbeck Hasso die Heckklappe öffnete.

Als sie den Wagen an der Wendebuche parken wollten, blockierte dort den einzigen Stellplatz ein Lastwagen von Rhön-Sprudel, dessen Fahrer sich vermutlich eine Arbeitspause gönnte.

„In etwa fünfhundert Metern kommt rechts ein großer Parkhafen vom Berghof Milseburg“, meinte der Stipendiat. „Da ist eigentlich immer was frei.“

Esbeck fuhr langsam weiter, bog wenig später hinter einer Gruppe dicht an dicht stehender Bäume von der Bubenbader Straße ab und hielt gegenüber einer Reihe voluminöser Wohnmobile aus Holland. Während er dem Setter die Heckklappe öffnete, blieb Kobayashi-san auf dem Beifahrersitz und ließ sich abwechselnd die Luftbildaufnahme und Brigitte Hausmanns Foto von der Stillleben-Reproduktion auf dem Smartphone anzeigen. Anschließend konsultierte er Google Maps und winkte Esbeck heran. „Wenn der Höhenzug links auf dem Gemäldehintergrund die Oberbernhardser Höhe sein sollte, dann weisen die Regenbogenschüsselchen und der abzweigende Ast tatsächlich nach Südosten.“

„Das wird Neumann auch herausgefunden und deshalb von Geodata die entsprechenden Luftbildaufnahmen angefordert haben."

„Südosten ist ein recht dehnbarer Orientierungshinweis", knurrte Kobayashi-san.

„Stimmt. Planquadrat B4 ist weitaus konkreter." Esbeck deutete auf die Baumgruppe mit dem Getränkewagen, die im Nordwesten jenseits der Budenbader Straße zum Parkhafen hin ausdünnte. „Das müsste das Gebiet sein."

„Richtig", sagte Kobayashi-san nach einem Blick auf die Kompass-App des Smartphones.

Hasso hatte sich unterdessen mit einem halben Dutzend Hunden aus den Wohnmobilen angefreundet und spielte mit ihnen Kriegen. Ein Pfiff rief ihn zu seinem Leihherrchen. Der Setter parierte, beobachtete indes das Treiben der herumtobenden Meute interessiert. Monsieur schien jederzeit bereit, zu ihr zurückzurennen, und wurde daher sicherheitshalber vor dem Überqueren der Straße angeleint. Dann ging man, Hasso in Führung, auf dem befestigten Fahrbahnrand zur Wendebuche. Dort parkte noch immer der Rhön-Sprudel-Lkw.

„Am besten teilen wir uns das Wäldchen auf", schlug der Stipendiat vor.

„Einverstanden. Übernimmst du die Oberbernhardser Seite?"

„Okay." Kobayashi-san verschwand hinter dem Lieferwagen zwischen den Buchenstämmen.

Esbeck und der Setter begannen sich durch das dichte Unterholz am südlichen Rand zu zwängen, leise fluchend der Zweibeiner, aufgeregt schnüffelnd sein weiterhin angeleinter Begleiter. Schon nach wenigen Metern war die Bubenbader Straße gänzlich ihrem Gesichtsfeld entzogen.

Als sie tiefer in das Wäldchen eindrangen, verharrte der Hund plötzlich und begann zu knurren. Irritiert blieb auch Esbeck stehen. Von irgendwo vor ihnen kam hin und wieder ein seltsames Geräusch. Kobayashi-san konnte nicht der Verursacher sein, denn er war in die entgegengesetzte Richtung gegangen. Das Geräusch ertönte erneut, und Esbeck wusste jetzt, woran es ihn erinnerte: an das eines Elektrorasierers.

Das Handy in der Jackentasche vibrierte. Die Macht der Gewohnheit war vielgestaltig. In Nippon gilt es als verpönt, sich durch einen Klingelton über einen Anruf oder eine neue Textnachricht informieren zu lassen. Klaus Esbeck war Japaner genug, diese Gepflogenheit seiner Gastheimat selbst in deutschen Landen beizubehalten. Er drückte die Annahmetaste und sagte leise: „Ja?"

„Wir scheinen hier momentan nicht alleine zu sein", kam Kobayashi-sans Antwort mit gleichermaßen gedämpfter Stimme aus dem Handylautsprecher. „Ich sehe ein paar frische Schuhabdrücke. Die Sohlenspitzen zeigen auf das Wäldchen. Weiter drinnen bewegt sich auch etwas zwischen den Stämmen."

„Dass noch jemand außer uns zugange ist, ist mir ebenfalls aufgefallen. Es gab mehrmals ein eigenartiges Surren. Hasso hat zwar nicht angeschlagen, knurrt aber seitdem ununterbrochen. Ich versuche mal, näher an die Geräuschquelle zu kommen", sagte Esbeck.

„Und ich probiere, den Spuren zu folgen", sagte der Stipendiat.

Esbeck befahl dem Setter, sich nicht vom Fleck zu rühren, dann schlich er, so umsichtig wie er vermochte, weiter ins Innere des Wäldchens.

„Getrennt marschieren, vereint schlagen" – Helmuth von Moltkes militärstrategischer Kerngedanke, dass unabhängig operierende Armeeeinheiten sich im entscheidenden Moment zur Schlacht vereinen sollen, niedergeschrieben in „Taktisch-strategische Aufsätze aus den Jahren 1857-1871", bewährte sich auch noch nach der Wende zum zweiten nachchristlichen Millenium auf kleinstem Terrain am Fuße der Milseburg.

Kobayashi-san marschierte von Norden an, Klaus Esbeck kam von Süden.

Der Mann mit dem surrenden, blinkenden Apparat vor der Brust bemerkte die beiden nicht, während sie rechts und links oben an den Kanten der schmalen Schlucht auftauchten, über deren Boden er den tellerförmigen Sonarfühler seines Metalldetektors schwenkte. Systematisch und konzentriert suchte er Quadratzentimeter um Quadratzentimeter ab. An zwei Stellen steckten hüfthohe, weiß-rot gestrichene Eisenspieße im Erdreich, massive Markierungsstangen, wie sie zum Befestigen von Absperrbändern in Gebrauch sind.

Erst als der Stipendiat durch einen ungeschickten Schritt ausglitt und, sich an ein Buchenstämmchen klammernd, eine kleine Gerölllawine auslöste, schaute der Mann nach oben.

Kobayashi-sans Gedächtnis fotografisch zu nennen wäre vielleicht übertrieben, aber er vergaß selten eine optische Impression, die ihn persönlich aufgewühlt hatte. Der Kaiser-Hirohito-Doppelgänger, der in Fujisawa bedrohlich mit der Shônan Zeitung gefuchtelt hatte, war so ein Beispiel. „Das ist der Kerl aus der Yamaguchi Galerie!" rief er.

Esbeck begriff augenblicklich, und sein Blick suchte nach einer Stelle, wo man nach unten gelangen konnte, ohne sich alle Knochen zu brechen. Der Dauerregen der vergangenen Wochen und die anschließende Schneeschmelze hatten viele Baumwurzeln auf dem Hanggefälle freigespült und in tückische Stolperfallen verwandelt. Na, den Burschen kaufen wir uns! dachte er grimmig.

Kobayashi-san schien ähnliche Gedanken zu hegen. Er ließ das Buchenstämmchen los und hastete zu einer dicht am Schluchtrand wachsenden Birke.

Der Mann sah zwei Männer über sich, die ihm aus seiner Bodenperspektive vermutlich größer vorkamen, als sie tatsächlich waren. Er schleuderte den Detektor weg und riss einen der Spieße aus dem Boden. Der spitz zulaufende Eisenstab verfehlte sein Ziel um einen guten Meter, bewirkte aber, dass Kobayashi-san, der eilig hinter der Birke in Deckung gegangen war, erneut ins Staucheln geriet. Der Wurf unmittelbar darauf mit der zweiten Metallstange galt Esbeck und ging gleichsam fehl. Eine unverständliche Verwünschung ausstoßend, rannte der Mann in Richtung Milseburg davon. Kurz darauf verdeckten die Baumstämme den Flüchtenden.

Vermutlich hätte der durchtrainierte Aikidô-Enthusiast Esbeck ihn spätestens an der Budenbader Straße eingeholt, nur waren seine Füße hoffnungslos in diversen Luftwurzeln verfangen. Gegenüber lieferte Kobayashi-san dem nachgebenden Erdreich einen verzweifelten Kampf, um zu guter Letzt doch unelegant auf allen vieren den Hang hinunterzurutschen. Sogleich half Esbeck dem Freund, sich aus der misslichen Lage zu befreien, was ohne ein scharfes Messer oder ähnliches Schneidewerkzeug indes eine reichlich zeitraubende Angelegenheit war.

„Scheiße, der ist auf und davon!" fluchte Esbeck, als er schließlich um etliche Schürfwunden an Armen und Beinen bereichert unten im Schluchtbett stand. „Da plagt man sich ein Leben lang mit Aikidô ab, und wenn es darauf ankommt, dann ..."

„Hasso?" schlug der Stipendiat vor.

Esbeck schüttelte den Kopf, pfiff aber dennoch nach dem Setter. „Hoffnungslos. Zweibeiner sind in seinem Beuteschema einfach nicht vorgesehen."

Gordon Setter stellen sich extrem gelehrig an, können auf Kommando die kompliziertesten Befehle ausführen und hetzen mit Inbrunst jedwedes Getier, was da kreucht oder fleucht, einen Gordon Setter indes wie einen Polizeihund abzurichten ist unmöglich.

Und schon kam Hasso angehechelt.

Kobayashi-san hob das Metall-Spürgerät auf. „Solch ein Teil lag auch bei Professor Sakamoto im Zimmer."

„Überrascht dich das? Sogar für Hobby-Schatzsucher gehören Sonar-Detektoren zur Grundausstattung. Du, wir brauchen als Erstes die Fotos von allen japanischen Wissenschaftlern hier! Es würde mich nicht wundern, wenn ..."

Der Rest des Satzes ging in dem Krachen unter, das der Frontalzusammenstoß eines vollbeladenen Rhön-Sprudel-Lkws mit einem Geodata-SUV vom Typ Skoda Yeti verursachte.

Die Macht der Gewohnheit kann besonders in Stresssituationen fatale Streiche spielen. Professor Yasunari Kawaguchi, Archäologe der Tôkyôter Waseda Universität, hatte seinen Geländewagen auf dem Parkhafen vom Berghof Milseburg zwischen den holländischen Wohnmobilen geparkt. Er war ins Auto gesprungen, war mit quietschenden Reifen losgeprescht, um dann mit Vollgas nach links in die Budenbader Straße einzubiegen.

Idiot! hatte der Japaner gedacht.

Aber der Lastkraftwagen, der ihm entgegen kam, war auf der richtigen Seite gewesen. Rechtsverkehr in Deutschland. Ein Rettungshubschrauber flog den schwerverletzten Lkw-Fahrer bereits zum nächsten Unfallkrankenhaus, als Feuerwehrmänner noch immer mit schwerem Gerät versuchten, den wie von einer Gigantenfaust zerknüllten SUV aus dem Rhön-Sprudel-Lkw zu ziehen.

*

Zurück in Kleinsassen fanden Esbeck und Kobayashi-san eine E-Mail aus Japan vor.

„Soeben schickte die Staatsanwaltschaft Fulda den von meiner Behörde angeforderten Autopsiebericht. ‚... Der Herztod Professor Neumanns wurde eindeutig durch medikamentöse Manipulation herbeigeführt. Die ebenfalls erfolgte Untersuchung des Mageninhalts ergab keinerlei Hinweise auf verdaute Käsetorten-Reste ...‘ – Nun, dieser Befund überrascht uns ja nicht wirklich.“

19. Kapitel

Procyon lotor

Festlicher Kerzenschein erhellte das Café. Alle – fast alle – waren der Einladung von Kenji Watanabe, Klaus Esbeck und Haruki Kobayashi gefolgt, denn es gab reichlich Anlass zum Feiern. Anton Rundvoigt, Heribert Fladung, Jürgen Storch sowie der Herr Landrat kamen in Begleitung ihrer Gattinnen, die beiden Journalistinnen, Professor Nattori und sein Kollege Ken'ichi Sakamoto erschienen solo. Professor Sakamoto präsentierte sich immerhin nicht in Jeans und fadenscheinigem Pullover, sondern mit einem fast neuwertigen, allerdings viel zu engen Anzug, offenbar ein wenig getragenes Überbleibsel aus seiner Studentenzeit. Nur der witzlose Professor Hisao Honda hatte die Einladung mit der Bemerkung abgelehnt: „Für derartige Vergnügungen kann ich weder Zeit noch Verständnis aufbringen."

Watanabe-san war extra aus Japan angereist. Er hatte Paul Klübers Regenbogenschüsselchen-Stillleben als Spende für die Kunststation Kleinsassen im Gepäck und auch eine prallgefüllte Brieftasche mitgebracht, Spesengelder der Agentur für Zusammenarbeit zur freien Verfügung. Und so mangelte es an nichts. Köche und Servicekräfte von der renommierten Waldgaststätte Praforst kümmerten sich mit lokalen Spezialitäten wie etwa Rhöner Bachforellenfilets oder Rhöner Lammbraten um das leibliche Wohl der Anwesenden. Selbstverständlich ging auch Hasso nicht leer aus. Kalbsknochen satt!

Das Festmahl wurde von ausgewählten Frankenweinen begleitet, für Champagner aus dem Keller der berühmten Witwe war gleichermaßen gesorgt – Wasser trank an diesem Abend nur der Setter.

Vor dem Essen hatte Direktor Rundvoigt als Hausherr eine knappe Begrüßungsansprache an die Tafelrunde gerichtet, und Watanabe-san hatte anschließend bei seiner Dankesrede für die allerseits erhaltene Unterstützung desgleichen nicht viele Worte verloren. Wie kaum anders zu erwarten, drehten sich die Tischgespräche danach um die Ereignisse der vergangenen Wochen.

Lediglich Kobayashi-san, dessen Vernissage von Erdgeboren unmittelbar bevorstand, erläuterte Marietta Kundzienna und Brigitte Hausmann gestenreich, was ihm als künstlerische Hommage an die alten Kelten noch eingefallen war: „Die Nachstellung einer Opferzeremonie", flüsterte er verschwörerisch. „Menschliche Strohpuppen, die Kriegsgefangene symbolisieren, werden in einem großen Weidenkorb verbrannt. Das war damals so Usus."

Die Journalistinnen hörten ihm geduldig in der Gewissheit zu, über erfreuliche Kontostände zu verfügen. Die hintergrundreichen Artikel über die kriminelle deutsch-japanische Allianz in Sachen Archäologie waren den beiden Frauen förmlich aus den Händen gerissen worden. Marietta Kundzienna hatte unter anderem in der FAZ geschrieben:

„... zwei Regenbogenschüsselchen wurden von der Polizei in Yasunari Kawaguchis Zimmer im Haus Forellenbach gefunden, aber weshalb er sich seines Komplizen Richard Neumann entledigt hatte, wird letztlich nie eindeutig geklärt werden. Vermutlich hatte den japanischen Wissenschaftler die Habgier angetrieben, die Fundstelle an der Wendebuche alleine ausbeuten zu können. Wäre ihm das geglückt, würde er in den Besitz von vierzehn weiteren Goldmünzen gelangt sein, die später neben anderen keltischen Artefakten aus Bronze und Silber von Professor Nattori und Professor Sakamoto in der Wendebuchen-Schlucht exkarviert worden sind. Völlig unstrittig hingegen ist die Tatsache, dass sowohl Kawaguchi als auch Neumann sich bei ihren Ausgrabungen an den aufgefundenen archäologischen Schätzen stets immens bereichert hatten. Bei einer Durchsuchung von Kawaguchis Haus in Japan wurde nicht nur das Paul-Klüber-Stillleben entdeckt, es

wurden auch drei der unermesslich kostbaren Fuhonsen-Münzen beschlagnahmt; und nach einem Gesuch um Amtshilfe von Interpol Japan an Interpol Deutschland konnten in Neumanns Frankfurter Eigenheim ebenfalls etliche Beweisstücke sichergestellt werden.

Ich befürchte, man muss sich radikal von der romantisierenden Vorstellung verabschieden, dass ein Yakuza eine Art Robin Hood ist, und dass das organisierte Verbrechen seine Aktivisten bei uns und im Land der aufgehenden Sonne alleinig aus einem Heer tumber Erpressern oder skrupelloser Schlagtots rekrutiert. Weit gefehlt! Es ist beängstigend. Die Krakenarme der Mafia reichen hier wie dort bis in die höchsten akademischen Kreise.

Die Ehefrau von Yasunari Kawaguchi macht übrigens von ihrem Recht der Aussageverweigerung Gebrauch. Einer der ermittelnden Beamten in Japan meinte, dass die kurzzeitige Zurschaustellung des Gemäldes in der Stadt Fujisawa einfach aus unreflektiertem Besitzerstolz erfolgt sein mochte ...“

Viele Fragen harrten einer schlüssigen Antwort. Marietta Kundzienna hätte zum Beispiel gerne gewusst, wer damals den SUV gesteuert hatte, von dem sie halsbrecherisch überholt worden war. Neumann? Kawaguchi? Leider hatten beide Wissenschaftler einen Geodata-Skoda-Yeti mit einer Drei im Kfz-Kennzeichen gefahren. Verbleibende Fragen über Fragen, wie auch die nach der Ursache für diese Raserei in Kamikaze-Manie. Hatte einer von ihnen an diesem Tag die Schlucht entdeckt und war danach euphorisch ...? Oder, oder, oder ...

Klübers in die Rhön heimgekehrtes Regenbogenschüsselchen-Stillleben hatte vor der Fensterfront des Cafés einen Ehrenplatz auf einer Staffelei erhalten. Ein extra installierter Deckenstrahler brachte die Linie goldener Punkte auf dem Gemälde geschickt zur Geltung, die parallel zu dem abzweigenden Ast in Richtung Südosten – in Richtung Schlucht – wiesen.

Der Direktor bat nach dem Dessert um allgemeine Aufmerksamkeit, indem er mit einer Gabel sein soeben geleertes Weinglas dezent zum Klingen brachte. „Meine sehr verehrten Damen und Herren! Ich habe lange über das eigenartige Datum neben der Signatur gegrübelt: 10 44 als Kurznotierung für Oktober 1944. Ich denke jedoch, das Rätsel heute Mittag bei einem kurzen Spaziergang gelöst zu haben. Klüber war im Oktober ja bereits verbürgt beim Militär und hatte die Fertigstellung des Werkes somit vordatiert. Der Betrachter, in diesem Fall wohl Erika Fladung, sollte außer der Orientierungsangabe Südosten einen weiteren Hinweis auf den Fundort der keltischen Münze erhalten, die er ihr geschenkt hatte – und die Herr Storch dann zusammen mit dem Gemälde an Professor Neumann veräußerte." Anton Rundvoigt spürte, wie sich plötzlich jegliche Aufmerksamkeit auf ihn richtete, und blickte in die Runde. „Man kann 10 44 aber auch eintausendvierundvierzig lesen, beziehungsweise einhundertvier *klein vier*, denn die letzte Ziffer ist nur halb so groß wie die drei anderen davor."

„Und der Grund dafür wäre?" fragte Brigitte Hausmann.

Der Direktor lächelte. „Nach der Beendigung meiner Wanderung bin ich zu dem Resultat gekommen, dass die kleine Vier am Ende der Zahlenreihe eine negierbare ist. Richard Neumann muss ähnliche Überlegungen angestellt haben, sonst hätte er Geodata nicht um die Vergrößerung des Planquadrats B4 gebeten."

Esbeck fiel es plötzlich wie Schuppen von den Augen. „104 – Schritte?"

„Ja", wurde ihm geantwortet. „Paul Klüber dürfte von meiner Statur gewesen sein. Ich habe nämlich ab der Stelle, wo man vor Jahren den als Klüber-Buche bezeichneten Baum gefällt hatte, nach genau 104 Schritten in südöstliche Richtung das Schluchtbett erreicht."

Watanabe-san klatschte als Erster, Sekunden später applaudierten alle.

*

Esbeck hielt sich bis weit nach Mitternacht an einen relativ leichten roten Frankenwein vom Würzburger Bürgerspital, stieß aber schließlich doch an das Limit seiner Aufnahmekapazität.

„Ah, sieh an, der Herr Nachbar beginnt zu schwächeln!" stichelte Kobayashi-san und wankte dabei selbst beachtlich.

„Im Gegensatz zu gewissen Anwesenden hier bin ich alt genug, um zu wissen, wann Schluss ist", konterte Esbeck. „Außerdem wird Hasso langsam unruhig."

Jeden Schritt sorgsam kalkulierend, verabschiedete er sich und verließ in Begleitung des Setters die Kunststation. Dass Altersweisheit ihn vor übermäßigem Alkoholkonsum bewahrt hätte, stellte sich auf dem Heimweg als eine krasse Fehleinschätzung heraus, denn die kalte Nachtluft hieb in der Dorfmitte unvermittelt wie eine Keule zu.

Chidoriashi de nennt man auf Japanisch den Zustand eines Betrunkenen, der mit den Füßen (*ashi de*) das erratische Trittmuster von tausend Vögeln (*chi dori*) hinterlässt. Dank vierbeiniger Lotsendienste gelangte Esbeck *chidoriashi de* dennoch sicher zum Stellbergweg.

Er streifte, wie er es aus Nippon gewohnt war, die Schuhe in der Diele ab, hängte seinen Wintermantel an einen Garderobenhaken, vergaß auch nicht, die Haustür abzusperren, vergaß auch nicht, dem Hund ein Leckerli zu geben – nur darauf, sich zu entkleiden, verzichtete er.

Den Kopf auf einen Stapel Kissen des Kaminzimmer-Sofas gebettet, fiel er augenblicklich in einen komatösen Schlaf.

Irgendwann in Esbecks traumloser Finsternis begann Hasso wild zu bellen.

„He, was ist denn?" brummelte er und rappelte sich benommen hoch. Yakuza! war sein nächster Gedanke. Sie haben jemanden geschickt, um Kawaguchi zu rächen! Kurzentschlossen betätigte er einen Schalter neben der Couch.

Augenblicklich flammte die Terrassenbeleuchtung auf, erschreckte aber nur einen Waschbären.

Paul Klüber 1904-1945

Der 1904 in Kleinsassen geborene Landschaftsmaler Paul Klüber gehört zu den weniger bekannten Künstlern Deutschlands. Ohne akademische Ausbildung und ohne Austausch mit seinen etablierten Kollegen der Universitäten Dresden, Weimar und Düsseldorf, die sich regelmäßig im Kleinsassener Malerhotel von Julius von Kreyfelt trafen, entwickelte Klüber sich zu einem beständig Suchenden, der unterschiedliche Techniken benutzte und dessen Bilder ganz unterschiedliche Stilrichtungen zeigen. Paul Klüber verfügte über ein angeborenes künstlerisches Talent, seine Arbeiten lassen sich aber keiner bestimmten Kunstrichtung zuordnen. Bei einigen Landschaften und Stillleben zeigen sich in der Farbgebung und in der breiten, spontanen Pinselführung Parallelen zu den Werken von Paul Cézanne. Einflüssen von außen hielt sich Paul Klüber dennoch weitgehend fern. Er lebte nahezu zurückgezogen und widmete sich immer wieder seinem Lieblingsmotiv, dem imposanten Bergmassiv Milseburg im Zentrum der Rhönlandschaft.

Bei der Betrachtung der Milseburg-Studien zu verschiedenen Jahreszeiten fällt besonders bei dem 1930 entstandenen Ölbild „Die Milseburg im Winter" auf, wie der gekonnte Umgang mit sparsam eingesetztem Licht und matten Farben die Einsamkeit der gleichsam erstarrten winterlichen Landschaft deutlich macht. Mit breiter, ausdrucksvoller Strichführung setzte Klüber bräunliche, gepflügte Ackerflächen und gemähte Wiesen in Kontrast zu vereinzelten bläulich-weißen Schneefeldern. Beide Bereiche treffen sich zentralperspektivisch in einem Punkt im unteren Drittel des Bildes, am Fuß der Milseburg. Häuser und Bäume schmiegen sich schemenhaft an das Bergmassiv. Die schneebedeckten Felsen charakterisieren gleichzeitig Schutz und Bedrohung. Vom Fuß des Berges führt der Blick zur grauen Felskuppe. Hier wechseln verschneite Flächen mit dunklen, grünlich bewachsenen und kahlen grauen Gesteinsformationen. Ein breites Spektrum von weiß-grauen und bläulichen Tönen füllt als neblig trüber Himmel das obere Drittel des Bildes. Mit dem Zusammenspiel von warmen Erdfarben und kalten graublauen Strukturen für Felsen und Himmel sowie einer klaren Komposition gelang Paul Klüber eine künstlerische Aussage frei von den pathetischen Einflüssen in der Landschaftsmalerei seiner Zeit. Hier wie auch in einigen anderen Werken zeigt sich bereits eine Hinwendung zur Kunstauffassung der Moderne.

Paul Klüber starb in den letzten Tagen des Zweiten Weltkrieges. Bis heute ist die Kunststation Kleinsassen eng mit seinem Namen verbunden.

Gisela Lubitz

Jürgen Ebertowski im Schardt Verlag

Die Stadt am Meer
Roman

Oldenburg 2012, Broschur, 202 Seiten
ISBN 978-3-89841-653-5

Ein Berliner Romanautor verbringt 2011 mehrere Wochen in Kamakura, einem am Pazifik gelegenen, japanischen Mega-Worpswede, um für sein neues Buchprojekt über Robert Koch zu recherchieren. Der Aufenthalt ist nicht nur die Spurensuche in einem bislang unbeleuchteten Kapitel in der ansonsten so gründlich erforschten Vita des Nobelpreisträgers. Er wird für den Erzähler zu einer Reise in seine eigene Vergangenheit schließlich ist die kleine Stadt am Meer ein wichtiger Teil seines Lebens, der lange nur als Erinnerung existent war. Nun kehrt er zurück auf vertraute Pfade und Wege und lernt Japan noch einmal neu kennen. Die Stadt am Meer erzählt von Fern- und Heimweh, vom Jung-Sein und Älter-Werden, von Träumen, die verwirklicht und von welchen, die verpasst wurden, erzählt von Aikido und vom Besteigen eines Berges an einem pazifischen Gestade, von Kräuterquark und Miso-Suppe und von alten und neuen Freunden. Gleichzeitig wirft der Roman den Blick auf ein Japan, das nach der Reaktorkatastrophe von Fukushima wieder in die Normalität zurückfindet.